利劍出鞘，
守護和平年代的安寧

天鷹戰記

天鷹戰記 ❼

拔劍！反恐的戰士

八路——著

責任編輯：梁潔瑩／裝幀設計：龐雅美／排版：時潔／印務：劉漢舉

出版／**中華教育**

香港北角英皇道 499 號北角工業大廈 1 樓 B

電話：（852）2137 2338　　傳真：（852）2713 8202

電子郵件：info@chunghwabook.com.hk

網址：http://www.chunghwabook.com.hk

發行／**香港聯合書刊物流有限公司**

香港新界荃灣德士古道 220-248 號荃灣工業中心 16 樓

電話：（852）2150 2100　　傳真：（852）2407 3062

電子郵件：info@suplogistics.com.hk

印刷／**美雅印刷製本有限公司**

香港觀塘榮業街 6 號 海濱工業大廈 4 樓 A 室

版次／**2021 年 5 月第 1 版第 1 次印刷**

© 2021 中華教育

規格／16 開（210mm x 148mm）

ISBN ／ 978-988-8758-56-2

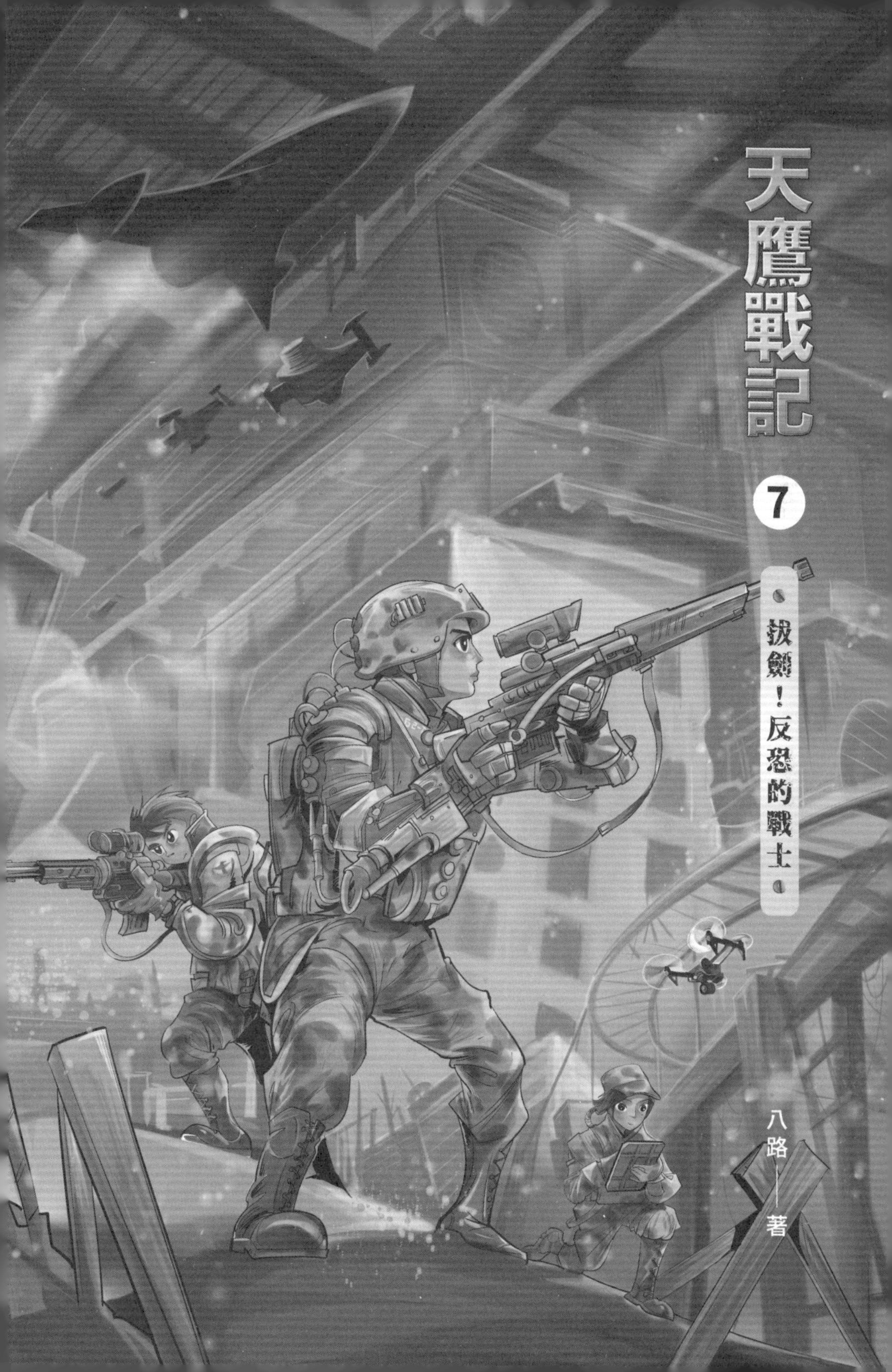

天鷹戰記

7

拔劍！反恐的戰士

八路 著

代號

翼龍 楊大龍

選拔自少年特戰隊，曾是
全軍聞名的少年狙擊手。
他性格沉穩，臨危不亂，
理想是成為一名三棲特
種兵，戰鬥機飛行員。

代號

白頭翁 歐陽山峰

選拔自海軍陸戰隊的雪
豹小隊，因額頭有一縷
銀白色的頭髮而得名。
他性格張揚，富於謀略。

代號

黃雀 夏小米

選拔自少年軍校的飛龍
小隊，聰穎過人，過目
不忘，有點小傲氣。

天鷹戰記

代號
戰鷹 帥克

選拔自少年軍校的飛龍小隊，是個有點小聰明的人。他的理想是駕駛一架攻擊機，在最前沿的戰線上對步兵作戰進行火力支援。

代號
雨燕 關悅

選拔自少年特戰隊，曾是全軍聞名的情報專家。她是電腦高手，善於破解密碼，理想是成為一名預警機飛行員。

目錄

第 一 章

空降草原

LOADING...

　　一望無際的草原，半人高的草叢在風中湧動，就像湧向岸邊的海浪。草原上空，一架軍用運輸機由遠及近飛來，從一個閃着銀光的亮點，到一隻展翅的大鳥，再到頭頂上的龐然大物，只是幾分鐘的事情。

　　戰鷹小隊的少年們面對面坐在機艙裏，身後早已背好傘包。他們正在參加一場代號為「藍色使命」的對抗演習。這是中國與 E 國每年都要進行的對抗演習，去年在 E 國境內展開，今年則在中國境內進行，而且每次演習的地理環境都要不同，去年是荒漠，而今年則是草原。

　　「飛行高度一千五百米，準備跳傘。」機艙中，一位空降兵少校命令道。

機艙裏除了戰鷹小隊，還有空降兵部隊的幾十名官兵。在這次演習中，他們擔負着從空中降落到敵後的突襲作戰任務。

　　「沒有無法到達的地域，沒有無法完成的任務！」機艙中的官兵們齊聲高喊。這是他們跳傘前為自己加油打氣的方式。

　　運輸機的尾部艙門開啟，強大的氣流湧進機艙，就像巨大的海浪沖擊着海面上的軍艦。

　　「跳傘！」少校一聲令下。

　　楊大龍第一個走到尾艙口，迎着強勁的冷風，張開雙臂，縱身跳下。他就像一隻展開翅膀的雄鷹，自由自在地在藍天白雲間翱翔。

　　嘭！

　　頭頂一聲響，楊大龍的身體被猛地向上一拉，就像一個大人從背後用大手抓住小孩子的衣領，把他從地上提起來那樣的感覺。降落傘彈開了，汩汩的氣流將傘衣撐滿，從而產生強大的阻力，使掛在傘下的楊大龍降落速度放緩。

　　楊大龍熟練地操作傘繩，控制着降落傘飄落的方向。他要落到那塊最平坦的地方，那樣才能保證落地後的絕對安全。

　　突然，一道黑影從他的身邊墜落，速度之快令其無法看清，但卻在他的耳邊留下了興奮的叫喊聲：「啊——」

楊大龍想都不用想，就知道這個人是歐陽山峰，而且他並沒有為歐陽山峰的急速墜落而擔心。他太了解歐陽山峰了——一個愛出風頭，喜歡追求刺激的傢伙。所以，他知道歐陽山峰並沒有任何危險，只是為了享受從高空急速墜落的感覺而沒有拉開降落傘而已。

楊大龍果然猜對了，從他身邊像流星一樣掠過的人就是歐陽山峰。這小子被隊友稱為「歐陽瘋子」，不無道理。此時此刻，他正享受着極限跳傘帶來的那種無法形容的樂趣。他感覺自己就像一塊從空中拋下的石頭，或者說更像從飛機上拋下的一枚炸彈。他頭朝下，頂着風，兩手放在頭頂，這樣就更像一枚從天而降的炸彈了。

「歐陽瘋子，你小心點，別把自己摔成肉餅。」歐陽山峰的耳機裏傳來帥克的聲音。

「請叫我的代號好不好？」歐陽山峰回應，「如果有人摔成肉餅的話，那個人也不會是我，肯定是你。」

「為甚麼啊，白頭翁？」帥克好奇地問。

「因為你的名字起得好啊，『摔客』！」說到這裏，歐陽山峰哈哈大笑起來。

「請注意你的發音，我叫帥克，代號『戰鷹』。」帥克惱怒地說。

「帥克，摔客，哈哈，還不是一樣！」說着，歐陽山峰拉開降落傘，瞬間身體被懸掛在傘下，急速墜落結束了。

雖然歐陽山峰不是第一個跳傘的，但此時他卻是距離地面最近的。向地面望去，滿眼都是綠色，一望無際的、湧動的綠色。夏天，草原是綠色的海；秋天，草原是黃色的海；冬天，白雪覆蓋，它又變成了結冰的海。

一條小河穿過草原，靜靜地流淌，就像茫茫綠色中的銀色哈達（蒙古、藏族人民作為禮儀用的絲織品）。歐陽山峰就是朝着這條小河落下去的，要是掉到河裏可不是甚麼刺激的事情，而是要命的事情了。於是，他極力控制降落傘往河的一側飄。可是，他開傘的時間有點晚了，距離地面的高度偏低，所以在落地之前能否成功地將傘控制到河的一側還不好說呢！

歐陽山峰有些着急了，心想以後再也不玩這種驚險刺激的遊戲了，因為搞不好就會變成驚嚇要命的遊戲。

還算幸運，當然主要靠的還是實力，歐陽山峰在距離地面僅有幾十米高的時候將降落傘控制到了河堤旁。驚險落地，歐陽山峰的一隻腳踩在岸上，另一隻腳有一半踩到河裏。

「謝天謝地，要是掉到河裏就丟人了。」歐陽山峰歎了一口氣說。

隨後，戰鷹小隊的其他人也陸續落地。之後，他們按照事先佈置好的作戰方案迅速展開行動。戰鷹小隊在楊大龍的帶領下衝向一個小土坡，佔領附近的制高點。

土坡上堆着一些石頭，當地人稱之為敖包。茫茫的草原上，很難辨識方向，所以很容易迷路，堆放在高處的敖包便可以作為標誌物用來指示方向。

楊大龍衝到敖包旁，趴在地上，然後將狙擊槍架在敖包的一塊石頭上，開始搜索 E 國的部隊，也就是演習中的藍軍。

關悅趴在楊大龍的側後方，作為楊大龍的觀瞄手。狙擊作戰中，一個狙擊小組往往由兩人組成，一個是狙擊手，另一個就是觀瞄手。

關悅本就擅長計算，所以才被特招進入少年特戰隊，後來又被選拔到空軍的戰鷹小隊。她與楊大龍在進入戰鷹小隊之前就是隊友，所以配合得也更默契。

「十點鐘方向，距離七百二十五米，發現一名藍軍的指揮官。」關悅向楊大龍發出通報。

楊大龍立即按照關悅的描述，調整槍口搜索目標，很快便找到了那個隱藏在草叢中的藍軍指揮官。

「目標找到，開始測算數據。」楊大龍說。

「西南風，風速每秒兩米；溫度，三十一攝氏度⋯⋯」關悅將觀察的數據讀出，並進行計算，最終轉化成射擊數據提供給楊大龍。

楊大龍根據關悅提供的數據調整標尺，這樣才能更加精準地射擊。此時，他已經瞄準藍軍的指揮官，只要輕輕地扣

動扳機，便可以將其「擊斃」。

可是，就在楊大龍扣動扳機的那一刻，意想不到的事情發生了。因為這一事件的發生，楊大龍的軍旅生涯差點被畫上一個並不圓滿的句號。

國防小講堂

觀瞄手

說到狙擊手相信大家都知道，但狙擊手的搭檔卻很少被關注。狙擊手的搭檔被稱為觀瞄手，在狙擊作戰中主要任務是負責環境數據的測定、風偏校正、呼叫火力支援、測算距離，以及與上級進行聯絡、確認任務信息等。

當然，隨着狙擊裝備，特別是狙擊槍的發展，在配備先進的狙擊鏡後，狙擊手也可以獨自完成狙擊任務。但是，觀瞄手在狙擊中的作用仍舊無法替代。他不但可以使狙擊手更加準確地射擊，為其提供掩護和警戒，一旦狙擊手失手，他還可以在最短的時間內對目標進行補射，這無疑為狙擊任務上了雙重保險。

第二章

無影的攻擊

LOADING...

　　楊大龍瞄準了藍軍指揮官的要害，但卻不是他的腦袋或者胸膛之類的，而是他身上的一個激光接收器。這是兩國的對抗演習，所以使用的是演習專用的模擬對抗設備。只要楊大龍擊中那個激光接收器，對方頭頂就會冒起彩色的煙霧，也就意味着犧牲了。

　　雖然只是用模擬對抗設備進行演練，但楊大龍依舊一絲不苟。他先是深吸了一口氣，將槍托抵在胸口，屏住呼吸之後才扣動扳機，這樣槍口就不會晃動。

　　一束看不到的激光以比眨眼還快的速度擊中了藍軍指揮官身上的激光接收器。他的頭盔頂部立即冒起了粉紅色的煙霧，也就意味着他犧牲了。

這一突如其來的攻擊令藍軍措手不及。隱藏在草叢中的藍軍開始尋找潛入後方的紅軍，也就是我方的官兵，並發起猛烈的反擊。

　　藍軍指揮官雖已「陣亡」，但他實際上還是活着的，只是不能參加戰鬥了而已。但是，奇怪的事情發生了。他的頭盔冒起粉紅色的煙霧後，他竟然趴在地上好久都一動沒動。他手下的一名士兵覺得有些不對勁，於是跑過去一邊喊着指揮官的名字，一邊用手扳動他的身體。他把指揮官的身體翻過來的時候，瞬間大驚失色並高喊：「指揮官死了，真的死了。」

　　聽到這名士兵的驚叫聲，另外幾名士兵也跑了過來。他們看到指揮官的眉心處正在向外緩緩地流出紅色的血液。

　　「對方用的是實彈，他們射殺了咱們的指揮官。」藍軍的官兵羣情激憤，「這不是演習，這是戰爭，是真正的戰爭。」

　　藍軍官兵立即將這一情況向他們的最高指揮機構匯報。接着，藍軍的最高指揮機構又與我軍的最高指揮機構進行緊急溝通。最終，雙方高層決定立即停止軍演，將這一事件徹底調查清楚。

　　演習停止後，楊大龍被關進了空軍部隊的監視室裏，與外界已經有好幾天沒有聯繫了。作為本次演習中唯一對那名死去的藍軍指揮官進行射擊的人，楊大龍成了頭號「嫌

疑人」。

部隊的調查組已經對楊大龍的隊友進行過一次又一次的詢問。歐陽山峰是最激動的人，他在調查組面前聲嘶力竭地吼：「不可能，楊大龍絕對不可能用實彈攻擊藍軍的指揮官。」

夏小米用懇求的語氣說：「你們快點把楊大龍放出來吧，他是被冤枉的。」

關悅則邏輯縝密地進行推斷：「我和楊大龍是搭檔，作為他的觀瞄手參與了整個狙擊過程，在這個過程中我們嚴格地按照演習的規定，使用了符合要求的模擬對抗設備，不存在任何對藍軍官兵生命造成威脅的風險。」

調查組從楊大龍的隊友那裏並沒有獲得任何可以證明楊大龍偷換彈藥的證據。當然，他們也都是相信楊大龍的。但是，他們必須調查出一個合情合理的結果，這樣才能給 E 國一個交代。

後來，他們懷疑楊大龍使用的槍有問題。於是，他們又把那把槍送到專業的機構去檢查。專業人員把那把槍拆開，認真地檢查了每一個部件，最後得到的結論是：這是一把合格的模擬對抗槍支，沒有經過任何改裝。也就是說，攻擊藍軍指揮官的子彈不可能是從這把槍射出的。

調查組越來越困惑了，彷彿這是一個永遠無法解開的謎團。楊大龍的嫌疑越來越小，在被關了一週之後終於解除了監視居住。但是，他仍舊不能離開軍營，要做到隨叫隨到。

看着消瘦了一圈的楊大龍走出監視室，關悅心疼得流下了眼淚。帥克衝過去，並沒有擁抱楊大龍，而是朝他的胸前狠狠地打了一拳，笑着說：「我就知道你不會有事的。」

「帥克，你可真行。」夏小米瞪着他說，「你看楊大龍都瘦了一圈，你還用那麼大的力氣打他。」

「蝦米，你懂甚麼！這是我們男兵之間最親密的禮節。」帥克看着夏小米。

聽到帥克叫自己「蝦米」，夏小米目光像兩把尖刀刺向帥克。要是以往，她肯定會揪住帥克的耳朵，問他以後還敢不敢叫自己「蝦米」。但是，今天她卻沒有，因為她沒有那樣的心情。

「原來你們男兵的禮節是用力捶對方的胸口啊！我記住了。」夏小米一臉壞笑，「帥克，以後只要見你一次，我就朝你的胸口用力打一拳。這種禮節用來對付你這種壞傢伙，想起來就很過癮呢！我一定要多多地實踐。」

帥克下意識地捂住自己的胸口，心想夏小米絕對能做出這種事情來。他們在加入戰鷹小隊之前就是戰友，所以彼此太了解了。

楊大龍還是像以前一樣不太愛說話，從監視室出來以後就更不愛說話了。但是，他還是被帥克和夏小米的對話逗笑了。帥克是戰鷹小隊的開心果。在今天這種氣氛中，他的作用尤為重要。

楊大龍的精神狀態還好，只不過頭髮有點髒，臉色也不太好。他準備回宿舍洗個澡，換上一身新軍裝。在監視室裏這幾天，楊大龍就像做夢一樣，大腦一刻也沒休息過，時常想得腦袋又脹又痛。他比誰都想弄明白那個藍軍的指揮官到底是怎麼死的。

　　洗完澡，換上一身乾淨的衣服，楊大龍感覺渾身輕鬆多了。他坐在營房前的大樹下，腦海中又浮現出那天演習時的畫面。他看到自己趴在敖包旁，通過瞄準鏡觀察藍軍的指揮官。關悅已經向他通報了射擊數據，而就在即將扣動扳機的那一刻，楊大龍曾稍有遲疑。

　　楊大龍使用的瞄準鏡倍數很高，甚至能看清藍軍士兵身上的一粒鈕扣。就在射擊之前，一個令他現在想起來有些奇怪的東西曾經出現在瞄準鏡之中。

　　「沒錯，肯定是那個東西攻擊了藍軍的指揮官。」楊大龍自言自語，猛地起身朝調查組的辦公室跑去。

國防小講堂

藍軍部隊

一場意外，致使紅、藍軍對抗的演習暫時停止。在對抗
演習中，一般會分為紅軍和藍軍兩支部隊，一方為進攻
方，另一方為防禦方。

藍軍部隊就是用來充當假想敵的部隊。很多國家的軍方
都建有專業的藍軍部隊，從人員配備到武器裝備幾乎按
照假想敵的軍隊來組建。這種藍軍部隊專門用來在演
習中磨煉本國的部隊，使他們時刻了解假想敵的作戰模
式，在演習中不斷地提升自己。

第 三 章

可疑的蜜蜂

LOADING...

　　調查組的人員正在研究戰場監控畫面，楊大龍突然推門而進。所有人轉頭看着楊大龍，不知道這個氣勢洶洶的少年要做甚麼。甚至有人在想，楊大龍一定是來發泄不滿的，畢竟他被冤枉了，而且被關在監視室裏那麼多天。

　　「我⋯⋯我想到了一個可疑的畫面。」楊大龍焦急地說。

　　「甚麼畫面？」調查組的負責人問。

　　楊大龍的腦海中再次浮現出扣扳機前的畫面，描述道：「當時，我在高倍的瞄準鏡中看到了一隻昆蟲，就像直升機懸停在空中那樣，死死地盯着藍軍指揮官的額頭。」

　　「一隻昆蟲，是甚麼昆蟲？」調查組的人問。

　　楊大龍皺起眉頭，仔細地回憶那個畫面。當時，昆蟲是

背對着他的，再加上距離那麼遠，雖然通過高倍的瞄準鏡觀看，但仍無法確定到底是甚麼昆蟲。

「好像……應該是蜜蜂。」楊大龍猶豫地說，「但是，蜜蜂的體形應該沒有那麼大。」

在草原上，這個季節野花遍野，蜜蜂更是嗡嗡成羣，所以看到蜜蜂並不是甚麼奇怪的事情。所以，調查組的人有些失望。

「如果是蜜蜂的話，那絕對不是一隻普通的蜜蜂。」作為一名出色的狙擊手，楊大龍具有普通人沒有的敏感性，「牠在藍軍指揮官的額頭前懸停了很久，似乎在觀察着甚麼。藍軍指揮官應該是擔心被我們發現，所以並沒有伸手驅趕牠。」

調查組的負責人似乎有了興趣，追問楊大龍：「你還記得準確的時間嗎？」

楊大龍毫不猶豫地回答：「記得，六月十五日，上午十時三十五分。」

軍事演習的每個環節都有嚴格的時間規定，否則就會出差錯，比如他們跳傘的時間，落地的時間，佔領陣地的時間，等等。但是，絕大多數人在演習結束之後很快就會忘記，或者只記得一個大概。不過楊大龍卻會清晰地記得每一個環節的準確時間。這就是楊大龍，一個對每個細節都尤為關注的人，也正因為這樣，他才能成為最優秀的狙擊手，同

時也是一名王牌戰鬥機飛行員。

「馬上調出當天上午十時三十五分的畫面。」調查組的負責人命令道。

「是！」技術人員回答。

為了確保軍事演習的公平公正，以及對演習整個過程的精準評估，軍方事先在演習場的地面和空中設置了大量的戰場監控設備。

技術人員麻利地調出事發地點的監控視頻，將時間快進到十時三十五分前的十幾秒。戰鷹小隊的少年們出現在畫面中。他們趴在一個高坡上，隱藏在微風吹動下的草叢中。一支狙擊槍探出草叢瞄準遠方的藍軍指揮官，那支槍就是楊大龍的。

「將畫面推進到藍軍指揮官的面部。」調查組的負責人說。

技術人員立即調取距離藍軍指揮官最近的攝像頭拍攝的畫面。一隻昆蟲開始模模糊糊地出現在視頻中。當畫面穩定後，那隻神祕的昆蟲終於原形畢露了。那果然是一隻蜜蜂，而且比普通蜜蜂的體形要大。以前這個畫面曾從技術人員的觀察中一閃而過，但沒有人注意到一隻微不足道的蜜蜂。

稍後，不可思議的事情發生了。那隻蜜蜂突然撞向藍軍指揮官的額頭，而幾乎在一瞬間，藍軍指揮官就腦袋一垂，不再動彈了。

「那隻蜜蜂絕對有問題。」楊大龍點擊鼠標，讓畫面停

止在蜜蜂撞擊藍軍指揮官額頭的瞬間。

其他人也都緊盯着這一畫面，雖然有些懷疑，但卻說不出問題出在哪裏。

「蜜蜂蜇人也是很平常的事情啊！」其中一個人說。

另外一個人點頭贊同：「我就被蜜蜂蜇過，還是挺疼的。」

「再疼也不會死啊！」又一個人說，「藍軍的指揮官不可能是被蜜蜂蜇死的，除非那不是一隻普通的蜜蜂，而是……」

「而是甚麼？」其他人追問。

「我也不知道，只是猜測而已。」那個人回答。

調查組的負責軍官站起身來就往外走，同時命令道：「馬上出發，去現場。」

「是！」其他人緊跟着出來。

楊大龍自然也跟了出來，他要和調查組的人一起去現場弄個清楚。

大約一個小時後，調查組和楊大龍一起驅車來到草原上的事發地點。好幾天過去了，再加上草原上風比較大，現場已經看不到任何痕跡了。

楊大龍的眼睛幾乎貼到了地面上，鼻子也像軍犬那樣賣力地嗅着。他沒有找到那隻蜜蜂的屍體，但卻發現地面上有一股特殊的氣味——火藥的氣味。

作為一個天天與槍為伍的人，楊大龍對這種氣味太熟悉

了。他小心翼翼地將地表的土層剷起，然後裝在一個盒子裏，對調查組的軍官說：「把這些帶回去交給專業的人檢查，說不定會有收穫。」

調查組的軍官不情願地接過裝有土的盒子，心想，這不就是草原上最普通不過的土層嗎？能從中檢查出甚麼呢？不過，他還是把盒子放在車裏，準備帶回去交給專業人士檢查。

雖然來到了現場，但收穫並不大，或者說基本沒有甚麼收穫。調查組的人員和楊大龍開始返回營區。調查組的人情緒都不高，因為他們的壓力越來越大了。上級限他們在兩週之內查清真相，而現在已經過去一週了。

楊大龍還是老樣子，一言不發，但是他的大腦卻一刻也沒有停止運轉。演習時的畫面像放電影一樣從他的腦海中閃過，真相就存在於這些影像之中。他一定要把這件事查個水落石出，否則內心永遠無法平靜下來。

國防小講堂

演習評估

在軍事演習中，為了評估演習的成績，判定紅藍軍雙方的勝負，會設立專門的演習評估機構。演習評估機構往往不隸屬於任何一方，持中立的態度。

評估機構會制定詳細的評估考核維度，比如到達戰場的速度、武器射擊的精度、人員傷亡的比例、隱蔽偽裝的效果，等等。根據這些維度再制定出相應的評估數據，將這些數據進行對比分析，最終給出相應的分數，以此來評判演習的勝負結果。

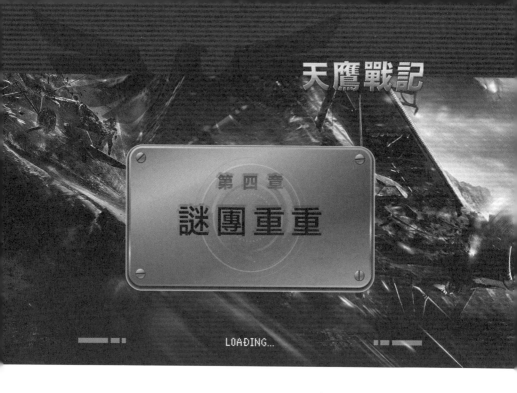

第四章
謎團重重

LOADING...

又過了兩天，這兩天對於楊大龍來說比兩週、兩個月都長，簡直是無比煎熬。真相，他要知道真相。

這天早上，戰鷹小隊的少年們剛剛跑步歸來，調查組的一名軍官就出現在了他們的宿舍門口，他正在等楊大龍。

「告訴你一個好消息。」調查組的人對楊大龍說。

「是不是查出真相了？」歐陽山峰急着問，似乎比楊大龍都心急。

當然，楊大龍是那個最迫切想知道真相的人，只不過他總是表現得不緊不慢，平靜如水而已。

調查組的人說：「雖然還沒有查出最後的真相，但是楊大龍的嫌疑可以徹底排除了。」

「到底查出了甚麼？」歐陽山峰追問。

調查組的人開始從前天在事發地點取回的土層說起。那天回來後，他們就把那盒土送到了技術人員那裏進行分析。最終，專業人員從土層的表面檢測到了一種高性能的炸藥。據他們說，這種炸藥只需要幾微克就可以將人殺死，當然，必須要在人體的要害部位爆炸才行。

楊大龍想起了那隻蜜蜂，腦海中浮現出一幅畫面——那隻蜜蜂用毒針刺向藍軍指揮官的額頭，然後引爆高性能的微量炸藥，從而將其殺死。

「那不是一隻普通的蜜蜂，而是一隻機械蜂。」楊大龍脫口而出。

調查組的人點點頭，他們得出的結論和楊大龍是相同的。他們認為那是一隻採用了人工智能技術的機械蜂。這種機械蜂能夠通過人臉識別技術，來自動尋找要攻擊的目標。當掃描到的人臉信息和儲存的信息相匹配時，機械蜂就會猛地撞向目標的要害，引爆高性能的炸藥，從而完成刺殺任務，同時自己也會被炸得粉身碎骨。

人工智能技術，也就是 AI 技術，已經被廣泛應用於軍事領域，但像機械蜂這樣如此精巧且具備目標識別和攻擊力的微型裝備還很少走上戰場。

現在最關鍵的問題是，這隻機械蜂來自哪裏，為甚麼會出現在軍事演習場上，而且對 E 國的軍官發起了攻擊。很明

顯，這隻機械蜂已經提前將這名軍官的人臉信息輸入到芯片中，所以它才會選定這名軍官並對其發起攻擊。

中方將調查結果向 E 國的軍方進行了通報。E 國的軍方同樣不解，但兩國一直是睦鄰友好國家，彼此信任，所以 E 國並沒有懷疑這隻機械蜂是中國軍方投放到戰場上的。

真正的謎團還沒有解開，兩國開始動用各種資源追蹤機械蜂的來歷，而戰鷹小隊則重歸往日的訓練生活。

空軍部隊的訓練場上，楊大龍剛剛從一個旋轉的轉盤上下來，帥克便緊接着抓住轉盤開始了訓練。對於戰鬥機飛行員來說，這種抗眩暈訓練就像家常便飯一樣，每天都要進行。

「大龍，喝口水。」關悅將一瓶水遞到楊大龍的面前。

楊大龍沒有說話，只是回以微笑，接過水瓶一口氣喝了半瓶。這些天，他看似平靜，但內心卻始終有些煩亂。他想弄清楚那隻機械蜂到底來自何方，到底是誰在背後搗鬼。他想不明白的時候就會難以抑制地焦躁，而排除焦躁的唯一方法就是高強度地一刻不停地訓練。這樣會讓他放空自己，像個機器一樣不停地運轉。

這些關悅都看在眼裏，但她卻無法勸慰楊大龍，因為楊大龍是一個活在自己內心世界裏的人，別人的話對他似乎沒有任何作用。

「關悅，給我也來瓶水。」夏小米站在兩米開外的位置

朝關悅喊。她是故意的，根本不渴。

關悅隨手拿起一瓶水拋向夏小米，並對她說：「你自己不會拿嗎？」

夏小米接住水瓶，一臉壞笑地說：「楊大龍也會啊，為甚麼你可以遞給他，就不能遞給我？」

關悅故作生氣，瞪着夏小米吼：「你是故意來找碴的吧？我不是也遞給你了嗎？」

「一個是主動遞，一個是被動遞，兩種行為有天壤之別。」夏小米喝了一口水，笑眯眯地看着關悅。

「真矯情！」關悅無奈地搖着頭。

訓練場上官兵們熱火朝天地訓練着，那場草草結束的軍事演習已經成為過去，很少有人再談起它。但是，針對那場事故的調查卻一直沒有停止。情報部門正在全力追蹤機械蜂的來源，並且有了一些收穫。

「據可靠情報，這種機械蜂是『豺狼組織』最新研製的一種 AI 武器，而且正在進入批量化生產階段。這種機械蜂一旦被大量生產，必將成為豺狼組織發動恐怖襲擊的利器。」一名情報人員正在對幾名空降兵部隊的特種兵說。

豺狼組織是一個臭名昭著的、已被聯合國正式列為恐怖組織的團夥。豺狼組織的基地分佈在世界各地，且多數位於偏僻動盪的國家。這些國家要麼處於無政府狀態，要麼政府對它們無能為力。每年，豺狼組織都會策劃並發動幾起恐怖

襲擊事件，已經成為世界公害。

「豺狼組織竟然在咱們和 E 國的對抗演習中使用機械蜂對 E 國的軍官進行襲擊，其惡毒用心顯而易見。」說話的是空降兵雷神突擊隊的少校秦天。

秦天這個人可不簡單。首先說雷神突擊隊，在全軍就是赫赫有名，而秦天又是雷神突擊隊中不可多得的人才。戰鷹小隊剛剛進入空軍部隊的時候，秦天曾臨危受命擔任他們的教官。當時，秦天對戰鷹小隊的訓練十分苛刻，已經到了近乎虐待的地步。所以，戰鷹小隊的少年們背地裏偷偷地叫他「禽獸」。

如今，秦天突然出現，而且正在和情報人員研究機械蜂，難道有甚麼重要的任務讓他去執行嗎？

國防小講堂

人工智能在軍事上的應用

人工智能（Artificial Intelligence），英文縮寫為 AI。它是計算機科學的一個新學科，企圖了解智能的實質，並生產出一種新的能以類似人類智能的方式做出反應的智能機器。

不僅在民用領域，人工智能技術在軍事上也將得到廣泛應用。比如，隨着人工智能機器人走上戰場，也許未來戰場上將看不到人，而只是機器人的較量。再比如上面故事中提到的機械蜂，它的人臉識別技術就屬於人工智能的範疇，而人臉信息一旦匹配，它便會自主對目標發起攻擊。當然，人工智能技術是一把雙刃劍，如果掌握在邪惡者的手中，對人類將是一場不可估量的災難。

第五章

挑選裝備

　　秦天出現在軍方的情報部門，的確是有重要的任務。他奉命前來，是要尋找豺狼組織的基地，摧毀他們的人工智能武器工廠。這項任務無比艱巨，挑戰性不言而喻，但秦天喜歡這樣的任務——在刀尖上行走的任務。

　　「不過，我有一個條件。」秦天對上級說。

　　「甚麼條件？」上級看着秦天，「不管是人員還是裝備，我都會無條件地支持你。」

　　秦天笑了笑，心想：上級還真是了解我的心思。他說：「人我要最厲害的，裝備我要最先進的。」

　　「沒問題，就這麼愉快地決定了。」上級拍了拍秦天的肩膀，「從現在開始，你就可以組建團隊，挑選武器了。」

戰鷹小隊得到消息已經是一天以後了。楊大龍找到上級，要求參加秦天的團隊，去打擊豺狼組織。

「這個我說了可不算。」上級看着楊大龍，「挑誰，不挑誰，完全由秦天一個人決定。」

正說着，一位空軍中校走了進來。看到這位中校，楊大龍喜出望外，不禁喊出：「任教官，你怎麼來了？」

這位空軍中校正是任飛行，曾經是戰鷹小隊的飛行教官，任職於空軍飛行學院。任飛行卻不意外，好像是專門來找楊大龍的。他二話不說，拉着楊大龍就往外走。楊大龍覺得怪怪的，但還是順從地跟着任教官走到了院子裏。

戰鷹小隊的其他人竟然都在院子裏。任教官把他們聚到一起說：「聽說秦天要組建團隊打擊豺狼組織的事情了嗎？」

戰鷹小隊的少年們點點頭。不過，帥克卻又很快地搖着頭說：「聽說了也沒用，雷神突擊隊有那麼多精英，秦天不會想到我們的。」

「沒長進，就不能對自己有點信心？」任飛行說，「雷神突擊隊的隊員雖然個個厲害，但他們只是空降兵，不會開飛機，尤其是戰鬥機。然而，你們就不同了，上天能駕戰機，落地猶如猛虎，作戰能力要比他們全面得多。」

聽任教官這樣一說，戰鷹小隊的少年們頓時自我感覺良好起來，覺得的確是那麼一回事呢！尤其是帥克，與剛才判若兩人，他得意地說：「戰鷹小隊絕對是整個空軍部隊最出

色、作戰能力最強的精英小隊。」

「吹牛可以，但要適度。」夏小米拍着帥克的肚皮，「小心爆掉。」

帥克嘿嘿一笑，看着夏小米說：「蝦米，我沒吹牛，只是轉述了任教官的話而已。」

夏小米聽帥克又叫她「蝦米」，真想給他一拳，但當着任教官的面卻不想動粗。

任飛行只是無奈地搖搖頭，心想帥克的性格一點都沒變，還是那麼調皮和幼稚。

楊大龍始終沒有開口。他在思考任飛行教官的話，心想戰鷹小隊應該毛遂自薦，說不定秦天真的會選擇他們呢！

任飛行並不是專門來看戰鷹小隊的，只是執行任務路過而已。所以，在跟戰鷹小隊短暫地交談後，他便急匆匆地告辭了。任教官離開後，關悅發現楊大龍也不見了。她沒注意到楊大龍是甚麼時候走的，心想，一眨眼的工夫他跑到哪裏去了呢？

上千公里之外的空降兵部隊裏，秦天正忙碌着。他來到裝備庫，認真地挑選此次行動需要的最新裝備。

「這個東西不錯。」秦天對裝備庫的一名士官說，「我能穿上它試試嗎？」

「當然可以！」士官說，「上級已經交代過，這裏的裝備隨你挑選，看上哪件拿哪件。」

秦天心裏高興，臉上也就露出了笑容。他看上的裝備是機械外骨骼，也被稱為「機械戰甲」。這種裝備還不是很成熟，所以也就沒能大批量生產，但秦天想嘗試一下。

　　機械戰甲完全按照人體的骨骼結構設計，而且可以根據身高進行調整。秦天將機械戰甲固定在身上，感覺自己變成了電影中的鋼鐵人。

　　機械戰甲是用合金材料製造的，很輕，但又很結實。秦天向前邁了一步，固定在左腿上的金屬骨骼也跟着一起運動，並沒有任何牽絆感，彷彿金屬骨骼就是長在身上的一般。他又往前邁了一步，整個身體都跟着向前移動，同樣沒有感覺到身上固定着看似笨重的金屬骨骼。

　　「你跳一下試試。」士官說。

　　秦天正有此意，於是緩緩地下蹲，兩腿彎曲之後，突然猛地向上躍起。這一跳不得了，秦天把自己嚇了一跳，因為他竟然跳起了近三米高，頭都撞到裝備庫的屋頂了。

　　落地之後，秦天捂着腦袋並沒有齜牙咧嘴，而是笑着說：「好東西，好東西！」

　　「你再把這個彈藥箱拎起來試試。」士官又說。

　　秦天看着放在地上的軍綠色彈藥箱，知道裏面裝的是滿滿一箱子彈。這種彈藥箱，他可以左右開弓同時搬兩箱。不過，他也知道這種彈藥箱還是有些重量的，每個大約五十公斤。

像以前一樣，秦天左手抓住一個，右手抓住一個，然後猛地一發力。咦，不可思議的事情發生了。以前，他要用很大的力氣才能把彈藥箱提起，而現在卻未費吹灰之力。每個彈藥箱都有五十公斤，而此時它們就像拎在手裏的兩籃子雞蛋。

　　穿上機械戰甲之後，即便是普通人也能夠舉重若輕，身輕如燕。這種感覺讓秦天驚喜萬分，他連連說：「這個一定要帶上，一定要帶上。」於是，機械戰甲便成為秦天選擇的第一種裝備。

　　隨後，秦天又在裝備庫選擇了好幾樣神奇的裝備。這些新奇的高科技裝備將助力秦天完成艱巨的任務。現在，他發愁的是人。放眼雷神突擊隊，個個都是精兵，但他卻覺得哪個都不合適，也許是他太挑剔了吧。

國防小講堂

機械外骨骼

在故事中，秦天穿上機械外骨骼，變成了像鋼鐵人一樣
的超級戰士。機械外骨骼是真實存在的嗎？當然是的。
機械外骨骼也被稱為動力外骨骼，現今已被逐步推廣，
它是一種由合金框架構成並且可讓人穿上的機械裝備。
在軍事領域，機械外骨骼可以用來增強士兵的負重能力
和靈活性，使士兵在戰鬥中更加敏捷，耐力也會更好。
同時，機械外骨骼具備一定的防護性，還能內置或搭載
一些武器設備。此外，機械外骨骼在民用領域也有很好
的應用前景，比如它可以用於醫療，幫助那些下肢出現
問題的人重新站立起來。

第六章
戰鷹出動

LOADING...

　　秦天是在出發前兩天確定團隊人選的。令絕大多數人感到意外的是，他沒有在雷神突擊隊中選擇任何一個人，而是整體選擇了戰鷹小隊。

　　那天挑選完裝備，秦天便接到了楊大龍用軍線打來的電話。楊大龍在秦天的記憶中是一個無法複製、不可戰勝的人。秦天甚至認為自己都遠遠不是楊大龍的對手。

　　當初，秦天雖然是楊大龍的教官，但屢次的較量中卻鮮有勝出，甚至在一開始就被楊大龍生擒了。然而，秦天佩服楊大龍卻不是因為他過硬的軍事素質，因為比他軍事素質還要好的人在雷神突擊隊中一抓一大把。

　　秦天最欣賞的就是他的個性，以及他無比強大的內心。

楊大龍話不多，但每句話都會像鋒利的尖刀般削鐵如泥。他總是一副處事不驚的模樣，險境之中仍能冷靜思考，做出理智的判斷。秦天需要這樣的幫手，所以當楊大龍給他打電話的時候，他毫不猶豫地答應了楊大龍。

「秦教官，我說的不僅僅是我，還有戰鷹小隊的其他人。」楊大龍強調。

「其他人？」秦天有些猶豫，認真地想了想，「關悅也不錯，是情報高手，擅長破譯。」

楊大龍認為秦天還是沒有理解他的意思，於是又強調了一遍：「我說的是戰鷹小隊的所有人，全體！」

秦天何等聰明，當然早就聽懂了楊大龍的話，只不過在揣着明白裝糊塗而已。他支支吾吾地說：「除了你和關悅，其他人不太適合參加這次行動。比如那個歐陽山峰，他太衝動了；還有帥克，小聰明過頭，往往會誤了大事；夏小米還好，紙上談兵是高手，落到實處就差了那麼一點點。」

「金無足赤，人無完人。戰鷹小隊的隊員雖各有不足，但我們組合在一起，再加上您的領導，必定是一個戰無不勝的團隊。」楊大龍堅定地說，「秦教官，請相信我。」

「你，我肯定是相信的。但是……」秦天仍然猶豫不決。

「他們不去，我也不會去。」楊大龍打斷秦天的話，直截了當地說出了內心的想法。這就是楊大龍，從不繞彎子，只做最真實的自己。

「你小子威脅我，是不是？」秦天惡狠狠地說，但內心卻暗暗地想：你的威脅還真管用。

電話那頭楊大龍不再作聲，只等着秦天給出最後的結果。秦天也不說話，在等楊大龍妥協。就這樣，電話沒掛斷，但電話裏卻沒有了聲音。最終，秦天還是讓步了。他太了解楊大龍了，一個做出決定便九頭牛也拉不回來的人。

就這樣，戰鷹小隊接到了命令，將與秦天一起執行打擊豺狼組織，摧毀其人工智能武器研究基地的任務。不過呢，其他人並不知道楊大龍與秦天通話的過程。特別是帥克，甚至自我感覺良好地說：「秦教官肯定是因為我才選擇戰鷹小隊的。」

歐陽山峰搖着頭，用眼角餘光看着帥克說：「你有點自知之明好不好？分明是因為我，秦教官才選擇戰鷹小隊的。」

兩位男生的對話令兩位女生無語。夏小米悄悄地對關悅說：「半斤和八兩遇到一起總要比一比誰重誰輕。」

雖然夏小米的聲音很小，但還是被帥克聽到了。他湊過來問夏小米：「蝦米，你說誰是半斤，誰是八兩？」

聽到帥克叫自己「蝦米」，夏小米的第一反應就是擰帥克的耳朵。不過，今天她心情特別好，就忍住沒動手。

「當然是說你們兩個了。」夏小米輕蔑地看着帥克和歐陽山峰，「一瓶子不滿，半瓶子晃蕩，你們就是傳說中的半吊子。」

「就是，看看人家楊大龍甚麼時候吹噓標榜自己了？」關悅也跟着說，「真正有實力的人都是低調的。」

帥克和歐陽山峰不以為意，因為他們知道楊大龍在兩位女生心中的地位，就像一尊重達幾噸的雕像那樣難以撼動。所以，他們倆更在乎彼此誰重誰輕。

帥克竟然笑着說：「如果我們兩個是半斤八兩，那我是八兩，歐陽山峰是半斤。」

歐陽山峰自然不服：「我是八兩，你是半斤。」

夏小米和關悅被兩位男生逗得開懷大笑。他們太可愛了，可愛得令人無法抗拒。

戰鷹小隊要趕到雷神突擊隊的營區與秦天會合。他們訂了當天晚上的機票，而且只需輕裝出發，因為所有的裝備秦天都已經為他們準備好了。

晚上十點三十分，戰鷹小隊的少年們身着便裝，各自背着一個雙肩包登上飛機。很快，飛機在跑道上開始滑行。作為戰鬥機飛行員，民航客機的滑行和起飛無法引起他們絲毫的興趣。

飛機仰頭而起，向高空不斷爬升。飛行時間並不長，只需兩個小時就可落地。機場離雷神突擊隊的營區還有幾十公里，秦天會駕車去接他們。

楊大龍坐在靠窗的位置。天空中一片漆黑，但地面上卻閃爍着點點燈光，反而更像是璀璨的夜空。他閉上眼睛放空

自己，雖然睡不着，卻平靜如水。

　　帥克和歐陽山峰坐在一起，嘀嘀咕咕地不知道在說着甚麼。關悅打開一本書開始閱讀，這是她的習慣。夏小米靠在關悅的肩上發呆，這也是她的習慣。

　　這架身軀龐大的民航客機在漆黑的夜空中高速飛行，彷彿遊蕩在神祕莫測的未來世界。夜深了，機艙裏乘客昏昏欲睡，靜得可怕。

　　誰也不會知道，這架飛機將在不久後遭遇不測。也許，它將從地面的雷達屏幕上消失。從此，人們再也尋不到它的蹤跡。

國防小講堂

雷達

戰鷹小隊乘坐的飛機始終顯示在地面雷達的屏幕上。雷達是英文 radar 的音譯，源於 radio detection and ranging 的縮寫，意思為「無線電探測和測距」，即用無線電的方法發現目標並測定它們的空間位置。

第一次世界大戰期間，英國急需一種能探測空中金屬物體的技術，以便幫助其在反空襲戰中搜尋德國飛機，於是雷達誕生了。「二戰」期間，雷達就已經出現了地對空、空對地（搜索）轟炸、空對空（截擊）火控、敵我識別功能的技術。簡單地說，雷達通過發射電磁波對目標進行照射並接收其回波，從而獲得目標至電磁波發射點的距離、方位、高度等信息。

第七章

空中遇險

LOADING...

　　夜間十一點三十分，機艙裏的人大多昏昏欲睡，或者閉着眼睛。突然，機身一陣劇烈的抖動，很多人被嚇得睜開了眼睛，尖叫起來。

　　楊大龍就像一隻甦醒的獵豹，兩眼冒出銳利的光。機身在顫抖了一下後恢復了平靜，讓乘客以為飛機只是在飛行中遇到了強氣流。

　　可是，接下來令乘客們意想不到的事情發生了。一個人突然站起來，大聲喊道：「這架飛機已經被劫持了，所有人乖乖地坐在座位上不要動，否則飛機隨時都會墜毀。」

　　雖然這個人手無寸鐵，但沒有人懷疑他的話，因為站在他身後的空服人員精神緊張。一位空姐強裝鎮靜，安慰乘

客：「大家不要怕，我們全體機組人員會處理好這次事件，保證各位平安落地。」

「我要回家，我不想死。」一個女孩先哭了出來。她的行為引發了連鎖反應，很多人開始驚恐地哭泣，他們做夢都不會想到自己會遇到這種事情。

歐陽山峰想站起來，卻被後面的楊大龍死死地按住了肩膀。「別動，先摸清情況再動手。」他靠近歐陽山峰的耳邊說。

飛機被恐怖分子劫持了，而且恐怖分子不止一個。其中有兩個恐怖分子已經進入駕駛室劫持了機長，所以飛機才會出現抖動。

一個恐怖分子將薄薄的，但卻鋒利無比的刀片架在機長的脖子上。「立即駕駛飛機轉向，飛往海面的上空。」這個恐怖分子命令道。

機長當然不想這樣做，但恐怖分子威脅他，如果不按照他們的命令行事，他們就會殺死機長。一架飛機失去了機長，也就意味着將進入無人駕駛狀態，最後的結果必定是墜毀，而機上的乘客也將無人生還。

無奈之下，機長只能按照恐怖分子的命令駕駛飛機轉向。他心裏默默地想，這些恐怖分子是如何將鋒利的刀片帶上飛機的呢？

「到底甚麼時候動手？」歐陽山峰忍不住了，微微轉頭

問楊大龍。

「還沒摸清他們到底有幾個人。」楊大龍說,「我懷疑還有恐怖分子坐在乘客中間。」

歐陽山峰伸着脖子四處張望,想看看還有誰像恐怖分子。帥克也跟着探頭探腦地四處張望。他們兩個人的舉動太反常了,立即引起了恐怖分子的注意。

「你們兩個在看甚麼?」一個恐怖分子指着歐陽山峰和帥克吼道。

兩個人不敢回答,都低下了頭。但是,恐怖分子並沒有就此罷休。突然,一個人從附近的座位上站起來,兇神惡煞般地走到歐陽山峰和帥克身邊,狠狠地朝着他們的頭各搧了一巴掌。

歐陽山峰怒火中燒,真想站起來跟這個人決一雌雄,但是他忍住了。果然還有恐怖分子混在乘客之中,歐陽山峰暗暗地想。

帥克捂着腦袋,耳朵嗡嗡地響。這一巴掌搧得力道強勁,令帥克疼得直齜牙。他暗暗地想:你給我等着,早晚我要把這一巴掌還回去。

「你們兩個給我站起來。」這個恐怖分子並未就此罷休,而是朝歐陽山峰和帥克怒吼着。

帥克和歐陽山峰不肯動,因為他們不知道後面會發生甚麼。當然,歐陽山峰更擔心自己控制不住自己,站起來之後

直接跟恐怖分子動手。

　　後面的楊大龍緊張得快要窒息了。他擔心歐陽山峰和帥克會做出魯莽的事情來。夏小米和關悅偷偷地看着帥克和歐陽山峰，已經做好了隨時支援他們的準備。

　　恐怖分子見歐陽山峰和帥克不肯動，便又朝他們分別搧了一巴掌，並揪住帥克的衣領用力向上提。看到這一幕，楊大龍更擔心了，拳頭攥得緊緊的，隨時準備行動。令他沒想到的是帥克和歐陽山峰並沒有反抗，而是假裝驚恐的樣子，瑟瑟發抖地站起來。楊大龍懸着的心這才放下來。他想，帥克和歐陽山峰變得更成熟了，不再那麼莽撞了。

　　「你們兩個過來。」站在機艙前面的恐怖分子朝歐陽山峰和帥克喊。

　　兩個人故意磨磨蹭蹭，一邊走一邊回頭朝楊大龍看。楊大龍眨了眨眼，示意他們見機行事。在楊大龍看來這是一件好事，因為他們有了接近恐怖分子的機會。

　　殺雞儆猴，恐怖分子要拿帥克和歐陽山峰開刀，目的是嚇唬其他人，讓他們都老老實實地待着。跟在後面的恐怖分子嫌歐陽山峰和帥克走得太慢，抬起腳朝他們的屁股狠狠地踹了兩腳，嘴裏還嘟囔着：「看你們的樣子，被嚇尿了吧？」

　　這句話太難聽了，歐陽山峰簡直忍無可忍，但他只能繼續再忍。帥克則在心裏暗暗地發誓：我一會兒倒是要看看誰會被嚇尿。

帥克和歐陽山峰走到機艙的前面。恐怖分子讓他們兩個人手抱着頭蹲在地上。然後，兩個恐怖分子分別坐在了他們的背上，把他們當成了座椅。這是在羞辱他們啊！

　　士可殺，不可辱。蹲在地上的歐陽山峰和帥克互相看了一眼，決定採取行動。然而就在此時，飛機突然劇烈地抖動起來，甚至猛地向下一扎，嚇得機艙裏的乘客發出一陣驚恐的尖叫聲。

　　還好，飛機很快又恢復了穩定的飛行狀態。機艙裏的兩個恐怖分子不但沒有慌張，反而哈哈大笑起來。他們知道這是他們的同夥所為，是故意恐嚇乘客的。

　　「如果你們不老實，飛機就會一頭扎進大海裏去。」一個恐怖分子囂張地說。

　　此時，飛機已經改變航線飛到了大洋上空。它就像一隻迷途的大鳥找不到歸巢的路，漫無目的地在空中飛行，飛行！也許，明天，後天，或者很多天以後，人們能夠找到的只是它的殘骸。

國防小講堂

劫機事件

反恐怖襲擊的訓練中，反劫機訓練是特種部隊的重點訓練課目。這是因為恐怖主義被稱為「21 世紀的瘟疫」，而劫機則是恐怖襲擊的一種慣用手段。

劫機事件時有發生，而造成最惡劣後果的則是發生在 2001 年的「9‧11」恐怖襲擊事件。2001 年 9 月 11 日上午，兩架被恐怖分子劫持的民航客機分別撞向紐約世界貿易中心的一號樓和二號樓，造成兩座建築物相繼倒塌，另外一架被劫持的客機則撞向位於華盛頓的美國國防部五角大樓，造成五角大樓局部受損。在這次恐怖襲擊中，遇難者總數高達 2996 人，為發生在美國本土的最嚴重的恐怖襲擊事件。

第八章

平安降落

LOADING...

　　夜間零點，如果飛機正常飛行，此時它應該已經開始降落了。而此時，它卻被幾個恐怖分子劫持，不知道還能否有平安降落的機會。

　　楊大龍決定動手了。他把手伸到過道裏，朝歐陽山峰和帥克打了一個手勢，那是特戰手語，意思是行動。

　　歐陽山峰和帥克早就忍無可忍了。兩個人接到命令後同時發力，將坐在他們身上的恐怖分子掀翻在地。這兩個傢伙毫無防備，甚至不敢相信一直被自己騎在胯下的膽小鬼竟然變得如此勇猛。

　　楊大龍、關悅和夏小米瞬間從座位上躍起，以閃電般的速度向駕駛艙衝去。途中，夏小米的腳踩到了那個被帥克按

倒的恐怖分子，疼得他發出了殺豬般的叫聲。

帥克一隻手按住他的脖子，另一隻手扭住他的胳膊，而一條腿的膝蓋則用力壓在他的後背上。「剛才你不是還很囂張嗎？」帥克總算出了一口惡氣。

楊大龍率先衝進駕駛艙，飛起一腳將劫持飛行員的恐怖分子踹開。不幸的是，恐怖分子手中的刀片太鋒利了，只是輕輕地劃到了飛行員的脖頸便劃出了一道口子。萬幸的是，雖然飛行員的脖頸鮮血直流，但卻沒有傷及動脈。

不過，由於飛行員受傷，再加上驚嚇，他的操作出現了一些問題。飛機猛地向下扎去，機艙裏的人感受到了強烈的失重感，好像要從座位上跌下去一樣，嚇得他們發出驚恐的叫聲。

刀片還在恐怖分子的手中，他站定之後揮着刀片朝楊大龍割來。結果胳膊還沒伸到楊大龍身邊，就被關悅一腳踢開了。這一腳踢得既準又狠，刀片直接從恐怖分子的手中飛了出去。

另外一個恐怖分子面目猙獰，也要衝過來，但是夏小米先下手了。她下手最狠，一腳踢中了恐怖分子的襠部。這個恐怖分子疼得捂着小肚子，蹲在地上直喊「哎喲」。

在打鬥中，飛機也像被拳腳擊中了一樣，東搖西晃，上仰下跌，而飛機裏的乘客也像坐過山車一般，時而超重，時而失重，早就被嚇得靈魂出竅了。

「我來開飛機。」楊大龍一把將飛行員推開。

飛行員一隻手捂着脖子上的傷口，大喊道：「胡鬧，這是飛機，你以為是拖拉機呢？不是誰都能開的。」

「我是戰鬥機飛行員，相信我。」楊大龍的語氣堅定，似乎有種神奇的魔力，讓人聽了以後就會對他產生難以抗拒的信任感。

夏小米和關悅還在跟兩個恐怖分子搏鬥，而此時她們已經明顯佔據上風。歐陽山峰這時也跑過來幫忙，因為機艙裏的恐怖分子已經被他和帥克制伏，並在幾個勇敢的乘客的幫助下捆綁起來。帥克留在機艙裏看守那兩個恐怖分子，而歐陽山峰則衝進了駕駛艙。

歐陽山峰的格鬥術在戰鷹小隊裏絕對是首屈一指的。他一出手，駕駛艙裏的兩個恐怖分子很快便被降伏了。

兩名空服人員找出了急救箱，開始幫飛行員包紮傷口。楊大龍則駕駛飛機進入到穩定飛行狀態。機艙裏，乘客們感受到的不再是驚心動魄的顛簸，而是慢慢恢復到平靜的狀態了。

「各位乘客，恐怖分子已經被制伏，我們平安了。」一位空姐廣播道。

機艙裏響起了歡呼聲。劫後餘生，估計是人生中最值得慶祝的事情。一位母親將孩子抱在懷裏，竟然放聲痛哭起來。她已經做好了即將死去的準備，但她不想看到自己的孩

子在如此小的年紀也不幸遇難。現在，她感覺自己就像做夢一樣，死而復生。

這位母親看着戰鷹小隊的幾位少年，對自己的孩子說：「孩子，是他們救了咱們，救了飛機上所有的乘客。他們是了不起的人。」

「了不起，你們真了不起。」乘客們也跟着大聲誇讚。

帥克最喜歡聽別人誇讚自己，瞬間感覺身體輕飄飄的，就要飛起來了。他一高興，說話就不經大腦了，開始肆意胡言：「沒……沒甚麼，我們戰鷹小隊戰無不勝。當然，作為戰鷹小隊的靈魂人物，我在整個行動中的貢獻稍微比其他人大那麼一點點。」

「你別亂講話，會暴露身份的。」夏小米小聲提醒帥克。

言多必失，帥克這才意識到自己說錯話了。他趕緊閉上嘴巴，就像口袋拉上了拉鏈，一言不發了。可是，剛才他說的話乘客們都聽到了。於是，有人大聲問道：「戰鷹小隊？這樣說來你們是軍人了？」

瞞是瞞不住了，夏小米只好說：「我們的確是軍人，所以危難之時挺身而出是我們應該做的。」

「戰鷹小隊，聽名字，你們應該是空軍了？」又一個人問。

「嘿嘿！」夏小米一聲憨笑，「你猜對了，我們是空軍的一個精英小隊。」

「怪不得呢，小小年紀就如此厲害。了不得，了不得啊！」

乘客們不吝讚美之詞，開始了一輪又一輪的誇讚。戰鷹小隊的少年們聽得心裏美滋滋的，有的人喜形於色，比如帥克；有的人則淡定自若，比如楊大龍。

但是，也並非所有的乘客都在用讚賞的目光看着戰鷹小隊的少年們。有一名乘客坐在機艙的中間位置，自始至終他都是一副事不關己的樣子。此時，他正冷冷地看着戰鷹小隊的少年，不知道心裏在想甚麼。

飛機在大洋上空轉了一個彎，開始返回原來的航線。飛機上的工作人員已經跟地面指揮中心取得了聯繫，告訴他們不久前都發生了甚麼。

地面指揮中心的人剛剛度過了擔驚受怕的一個小時。就在一個小時前，這架航班突然與地面失去聯繫，而這種狀況一旦發生往往是凶多吉少。

又一個小時後，飛機平穩地降落在機場上。警察早就趕到現場，將劫持飛機的恐怖分子押走了。戰鷹小隊的少年們則不敢耽擱一點時間，因為秦天早就在機場外等他們了。

戰鷹小隊的少年們急匆匆地向外走，而在他們的身後則跟着一個人。這個人也是從那架飛機上下來的，就是那個表情冷漠的人。他究竟是甚麼人呢？

國防小講堂

特戰手語

在反劫機的戰鬥中，楊大龍使用特戰手語向隊友傳達指令。在作戰中有很多傳遞信息的方法，比如通過單兵電台。但是，在很多環境中特種兵不能發出聲音，因為那樣會暴露自己。這時，特戰手語就派上用場了。

不同的手勢可以表達不同的作戰指令，比如停下、出動、射擊等；還可以表示不同的敵情信息，比如敵人的數量、性別、運動還是靜止等。不同國家、不同部隊的特戰手語也不盡相同，比如射擊的指令，就可能有不同的手勢。這樣做往往是出於保密的需要，只要隊友們之間能夠互相看懂就可以了。

第九章

絕密飛行

LOADING...

　　走出機場的出口，戰鷹小隊向左轉，雖然燈光昏暗，但還是一眼便看到了正在朝他們招手的秦天。

　　「秦教官！」夏小米喊了一聲，就像見到了自己的偶像一樣，歡快而又激動地朝秦天跑去。

　　關悅也跟着跑了過去，好久沒見過秦天了，甚是想念。兩位女生來到秦天身邊，臉上笑開了花。其實，夏小米是想抱住秦天的，但她還是忍住了。畢竟，她已經長大了，不能再像以前那樣無拘無束了。

　　歐陽山峰酸溜溜地說：「女生的心思真是難猜，當初秦天訓練咱們的時候多麼嚴苛，夏小米和關悅煩死他了。可是現在呢，她倆看到秦天竟然如此親熱，不，是狂熱！」

「這你就不懂了吧？」帥克的表情像個專家，「人會記住兩種人，一種是對自己特別好的人，另一種就是對自己特別狠的人，而且對後者的記憶更深刻。並且，對你狠的人如果是以愛之名才對你狠的，而後來證明他的確是用這種特殊的方式來愛護你，你就會對他無比感恩。」

「明白了。」歐陽山峰若有所悟地點點頭，「那為甚麼我見到秦教官，就沒有像夏小米和關悅那樣激動呢？」

「因為你是男生。」帥克將手搭在歐陽山峰的肩上，「同性相斥，這個原理你總該懂吧？」

兩個人相視一笑，已經走到秦天的身邊。秦天問他們在笑甚麼。帥克笑得更誇張了，答道：「見到秦教官太高興，所以笑得合不攏嘴。」

秦天信以為真，暗暗地想，這幾個臭小子還算有良心。戰鷹小隊的少年們上車準備離開。有一個人隱藏在角落裏一直默默地注視着他們，直到秦天駕駛的越野車消失在昏暗的視線中。秦天和戰鷹小隊的容貌，牢牢地記在了這個人的腦海裏。

途中，戰鷹小隊的少年們向秦天講述了飛機上的遭遇。秦天誇他們勇敢機智，不愧是空軍的精英小隊。同時，秦天也感覺到選擇戰鷹小隊和自己一起去執行這次任務是明智的決定。比如說，在這次劫機事件中，要不是戰鷹小隊的少年們能夠熟練駕駛飛機，可能問題就會變得更棘手。

　　到達雷神突擊隊營區後天都快亮了。秦天讓戰鷹小隊休息一上午，然後他們再出發。這一覺睡得像死過去一樣，楊大龍睜開眼睛的時候已經快到中午了，而且是被秦教官叫醒的。

　　「馬上出發！」秦天說。

　　「我們還沒收拾東西呢！」帥克說。

　　秦天冷冷一笑，說：「跟我的裝備相比，你們的裝備就是破銅爛鐵，不必帶了。」

　　楊大龍想：我們戰鷹小隊的裝備是破銅爛鐵嗎？在半信半疑中，戰鷹小隊的少年們跟着秦天向前走去。在雷神突擊隊的營區裏停着一輛越野車，也就是秦天從機場把他們接回來時開的那輛車。

　　秦天拉開車門坐進駕駛室，並沒有對其他人說甚麼，但其他人很自覺地跟着坐了進去。這是一輛特戰部隊最常用的猛士越野運兵車，可以運載一個班的士兵。進入車廂之後，戰鷹小隊的少年們並沒有看到任何神奇的裝備。

　　「秦教官，裝備呢？」帥克問。

　　「急甚麼？」說着，秦天發動了越野車，一腳油門踩下去，越野車向前衝去。帥克沒坐穩，身體一下子撞到了夏小米。

　　「哎喲！」夏小米一聲慘叫。

　　帥克看着夏小米傻笑一聲，說：「對不起啊，我不是故

意的。」

「不是故意的都把我撞得那麼疼，要是故意的還不把我撞成重傷啊！」夏小米捂着自己的半邊臉說。

「夏小米，你也太矯情了吧？」歐陽山峰挺身而出為帥克打抱不平，「作用力與反作用力的原理你總該懂吧？帥克撞到了你，但你的反作用力也傷到了帥克。所以，你們倆扯平了，帥克不用向你道歉。」

歐陽山峰話音剛落，就感覺到自己的胸口被人狠狠地打了一拳。還能是誰？當然是夏小米了。

「你……你怎麼打人？」歐陽山峰指着夏小米激動地說。

夏小米卻一臉微笑，不緊不慢地說：「作用力與反作用力的原理你懂吧？我一拳打到你的時候，我的拳頭也受到了你的反作用力。所以，咱們兩個誰也不欠誰的，扯平了！」說着，夏小米揮拳又要攻擊歐陽山峰。

歐陽山峰趕緊抓住夏小米的胳膊，連連求饒：「我錯了，錯了還不行嗎？」

「哼哼！」夏小米冷笑一聲收回拳頭，心想：下次看你還敢不敢用這些歪理邪說來糊弄我！

關悅被逗笑了，湊到夏小米的耳邊說：「還是你厲害，總能夠以其人之道還治其人之身。」

越野車疾馳了不到半個小時的時間，便一個急剎車停了下來。這次是夏小米撞到了帥克，根據作用力與反作用的原

理，二者誰也不會向誰道歉。

下車之後，戰鷹小隊的少年們才發現他們來到了軍用機場。對於這個機場他們並不陌生，在空降兵部隊訓練的時候曾來過幾次，就位於空降兵部隊的營區附近。這是一個很小的軍用機場，只是偶爾有小型的軍用運輸機起降。

秦天帶領戰鷹小隊進入停在跑道上的一架小型運輸機。進入機艙之後，少年們才發現機艙裏擺放着令他們眼花繚亂的神奇裝備。

楊大龍曾經是狙擊手，他最感興趣的是一支槍。他將這支槍拿起來，在手中掂了掂，心想這種槍還真挺重的。細心的他發現這支槍與普通的槍有一些區別，首先，在槍身的側面有一個滑軌；其次，槍身的中部有一個卡榫。這兩個部件是用來做甚麼的呢？楊大龍的好奇心被激發了出來。

「都坐好，我們將進行一次絕密飛行。」秦天喊道。

楊大龍趕緊坐下，但槍卻沒有放回原處，而是緊緊地握在手中。他要好好地研究一下這支槍。

軍用運輸機在滑跑之後仰頭起飛，絕密飛行開始了。然而，直到此時，戰鷹小隊的少年們還不知道他們將被帶到哪裏，要面對的又是甚麼樣的敵人。

國防小講堂

軍用運輸機

軍用運輸機可以分為戰略運輸機和戰術運輸機。戰略運輸機是指主要承擔遠距離、大量兵員和大型武器裝備運輸任務的軍用運輸機。戰略運輸機的起飛重量一般在 150 噸以上，載重量超過 40 噸，正常裝載航程超過 4000 公里。比如，美國的 C−5、俄羅斯的伊爾−76 都屬於這類運輸機。戰術運輸機是指主要在戰區附近承擔近距離運輸兵員及物資任務的軍用運輸機，起飛重量 60─80 噸，載重量 20 噸左右，可運送 100 多名士兵，航程 3000─4000 公里，如美國的 C−130、中國的運−8 都屬於戰術運輸機。

　　戰鷹小隊在秦天的帶領下乘坐飛機祕密出動。這是一次除他們之外無人知曉的絕密飛行，而目的地則是一個在地圖上幾乎找不到的地方。它並不在中國境內，而是位於一個有領土爭端的動亂地帶，那裏局部戰爭頻發，民不聊生。

　　中國和 E 國情報部門經過聯合追蹤，最終確定豺狼組織的一個基地就隱藏在那裏，而且他們一直在那裏進行邪惡武器的研發。所以，秦天將帶領戰鷹小隊潛入豺狼組織的基地，找到那個武器研發基地並將其摧毀。

　　秦天和戰鷹小隊自認為他們的行動計劃萬無一失，沒有走漏一點風聲，但事實並非如此。在豺狼組織的基地中，戰鷹小隊成員們的照片已經出現在他們的首領面前。他們的照

片是不久前通過網絡傳送過來的。

豺狼組織的首領是一個女人，綽號「刺梅」。她是一個有着蛇蠍心腸的女人，手下們看到她都會不寒而慄。豺狼組織有着邪惡的信條，若是誰違反了信條，背叛了豺狼組織，就是逃到天涯海角也會被追殺。所以，不管是誰，一旦加入豺狼組織就再也別想全身而退。

刺梅之所以不簡單，更重要的是因為她看到了科技的力量，決定走科技武裝的道路。她花重金聘請了一些邪惡的科學家研究智能武器，希望用這些智能武器以小博大，發動富有科技含量的恐怖襲擊。機械蜂就是這些沒有道德底線的邪惡科學家發明的。它雖然微小，但卻能無孔不入，殺人於無形。

「就是這幾個人壞了咱們的好事嗎？」刺梅指着照片問旁邊的人。

「就是他們。」旁邊的人惡狠狠地說。他的代號是「毒蜥」，豺狼組織的三號人物，全權負責智能武器基地的管理。

照片是誰發來的呢？當然是那個從飛機上便開始默默關注戰鷹小隊，並且一直跟蹤到他們上車為止的人。

那個人也是豺狼組織的成員，奉命與其他幾個恐怖分子製造劫機事件。與其他幾個恐怖分子相比，他更狡猾一些，一直隱藏在乘客中按兵不動。

他發現恐怖襲擊無法實現後，乾脆渾水摸魚，跟着乘客

們一起下了飛機。在這個過程中，他偷偷地拍下了戰鷹小隊每一個人的正面照，並通過網絡第一時間發送到了豺狼組織的基地。

「這些人是甚麼來頭？」刺梅問毒蜥。

「據紅狗說，他們是中國空軍的一個精英小隊，好像叫甚麼戰鷹小隊。」毒蜥回答。

紅狗就是那個隱藏在乘客中的恐怖分子。他是怎麼知道戰鷹小隊的身份的呢？這都怪帥克，是他興奮得過了頭，在機艙裏自報家門，所以機艙裏所有的人都知道他們的真實身份了。

「戰鷹小隊！」刺梅一聲冷笑，「我要讓你們變成一具具屍體！」

刺梅絕不是隨口一說，她決定要做的事情，必定會不惜一切代價地去完成。

「立即對戰鷹小隊的人臉信息進行採集，然後輸入機械蜂的芯片中。」刺梅命令道。

「是！」毒蜥回應。

毒蜥知道刺梅的命令意味着甚麼。刺梅是想放出大量的機械蜂，在戰鷹小隊可能出現的區域進行搜索，一旦人臉識別信息吻合，機械蜂就會對戰鷹小隊的少年進行突然襲擊。這種攻擊方式防不勝防，戰鷹小隊將難逃天羅地網。

戰鷹小隊已經被豺狼組織列為頭號目標，然而他們還渾

然不知。由於他們的身份已經暴露,接下來的行動必然會受到難以預測的影響。

毒蜥奉命來到武器研發實驗室。在這裏,數十名來自世界各地的科學家正在緊鑼密鼓地工作着。這些人之所以被徵召到豺狼組織的武器實驗室,有着不同的目的和原因。有些人是為了錢,在巨額報酬的誘惑下加入豺狼組織;有些人是為了圓夢,他們研究的項目得不到官方的支持,特別是一些反人類的科學項目,於是便投靠豺狼組織尋求支持和庇護;還有一些人是被迫的,例如一名叫朗德的教授。他是一位研究人工智能技術的科學家,在一年前被豺狼組織綁架到這裏。

毒蜥進入武器實驗室,把戰鷹小隊的照片交給一名技術人員並對他說:「把這幾個人的人臉信息輸入機械蜂的芯片。」

這名技術人員拿着照片,皺起了眉頭。

「怎麼?不行嗎?」毒蜥問。

「有點難,這是平面照片,能夠採集到的人臉信息有限,誤差率很高。」技術人員回答。

「不要跟我說難度,我只問能不能做到!」毒蜥一臉兇相。

「能,不過……」這名技術人員欲言又止。

毒蜥瞪着這名技術人員,意思是快點說。

這名技術人員壓低聲音,湊到毒蜥的耳邊說:「只有朗

德教授能將平面圖像轉換成立體圖像，而且完全不失真。」

朗德，毒蜥當然知道。話說一年前，機械蜂的研製進入瓶頸階段，這個科研團隊裏沒人能解決關鍵的技術問題。這時，團隊中的一個人說有一名叫朗德的教授是這方面最權威的專家，如果能把他找來，問題便迎刃而解了。

於是，毒蜥便親自帶着幾個恐怖分子找到朗德。朗德是一名富有正義感的科學家，自然不會加入豺狼組織。毒蜥只好撕下偽裝，將朗德綁架到這裏。

一開始朗德教授是拒絕為豺狼組織工作的，但他只是一個手無縛雞之力的科學家，怎麼可能捱得過豺狼組織的虐待呢？於是，他只好屈服，昧着良心為他們工作。由於朗德的加入，人臉識別技術與微型機器人技術的結合難題被解決，機械蜂的研製得以成功。

豺狼組織計劃利用機械蜂追殺一些重要的人物，比如那些主張打擊豺狼組織的國際政要。他們還要用機械蜂追殺那些背叛豺狼組織的人，讓他們無處遁逃，從而更加服服帖帖地為豺狼組織賣命。

朗德教授一直處在強烈的自責中。他知道自己在助紂為虐，但卻又無可奈何。他恨自己軟弱無能，恨自己膽小如鼠，恨自己自私自利。他甚至想過結束自己的生命，以此來結束邪惡的研究。但是，他做不到。

只有朗德教授能將照片中的人臉信息完美地輸入到機械

蜂的芯片中。於是，毒蜥拿着照片走到朗德教授跟前，皮笑肉不笑地說：「教授，這些人是咱們要消滅的頭號目標，勞煩你把他們的人臉信息輸入到機械蜂的芯片中。」

　　朗德教授接過照片看了一眼，腦袋裏頓時嗡了一聲，心想，怎麼會是他們？

國防小講堂

人臉識別技術

人臉識別技術在生活中已經被廣泛應用，比如手機人臉識別解鎖功能。所謂人臉識別技術，是指用攝像機或攝像頭採集含有人臉的圖像或視頻流，並自動在圖像中檢測和跟蹤人臉，進而對檢測到的人臉進行識別的一系列相關技術。

人臉識別技術可以應用到很多領域，當然也可以應用到軍事領域。在軍事單位中有很多保密場所，而人臉識別技術與密碼、機械等手段同時使用，則可以很好地解決保密問題。比如，打開一道門需要三個不同的人，採取三種不同的手段才能完成。當然，人臉識別技術還可以用到很多武器的研發中。

第 十 一 章
喚醒記憶

LOADING...

　　朗德教授看着手中的照片，內心為之一顫。這是一張張
熟悉的面孔，他一輩子都不會忘記的面孔。沒錯，朗德教授
認識戰鷹小隊的少年。

　　故事還要從兩年前講起，當時朗德教授一家乘坐飛機從
美國維珍尼亞州出發，目的地是 S 市。朗德教授帶着八歲的
女兒和妻子旅行，S 市只是第一站，後面計劃還要去深圳、
上海、北京、西安。總之，他們有足夠長的假期，要好好地
領略文明古國的風采。

　　降落在 S 市後，朗德教授一家人漫步在城市中心廣場，
遊走在古城小巷，還專門去公園看大媽們跳廣場舞。當然，
他們還要去步行街，吃點地道的當地美食，買一些平價的特

色商品帶給朋友們。

可是，意想不到的事情發生了。正當朗德教授一家人在一個商店裏精心挑選商品時，幾個蒙面大漢持槍闖了進來。他們迅速關閉商店的門，將商店裏的人劫持為人質。

這幾個人是恐怖分子，從海上偷渡到 S 市，企圖在這裏製造震驚世界的恐怖襲擊事件。朗德教授一家人蜷縮在一個角落裏嚇得瑟瑟發抖。朗德教授知道這個時候最明智的做法就是不要發出任何聲音，不能引起恐怖分子的注意，更不要刺激他們，否則就會惹禍上身。然而，災難還是降臨到他們一家人的身上了。

「媽媽，我怕，我怕！」八歲的女兒大哭起來，嚇得朗德太太一把捂住女兒的嘴。

可是已經晚了，一個恐怖分子的頭轉向朗德教授一家人，眼中冒出令人不寒而慄的兇光。他沒有說話，只是一隻手拎着槍，氣勢洶洶地走到他們的身邊，然後一把抓住了朗德教授年幼的女兒。

朗德太太死死地抱住女兒不肯放手，結果被恐怖分子一腳踢開。就這樣，朗德教授的女兒被恐怖分子抓走了。年幼的女孩被嚇得放聲大哭，不停地喊着爸爸和媽媽。朗德教授衝上去想要奪回女兒，但恐怖分子的槍口卻頂到了他的腦門上。

他嚇得不敢動了，暗地罵自己是一個懦夫，一個連妻女

都保護不了的廢物。但是，那又能怎樣呢？他只能眼睜睜地看着女兒成為恐怖分子與警方談判的籌碼。

商店外的警察已經圍了裏三層外三層，並有談判專家開始與恐怖分子談判。朗德教授不知道恐怖分子發動這場恐怖襲擊的最終目的是甚麼，但他能從恐怖分子的反應中看出警方並沒有向他們妥協。

「裏面的人聽着，你們已經被包圍了，立即放下武器投降。」外面的一名警察拿着高音喇叭朝屋裏喊。

一名恐怖分子氣不過，也朝外面喊：「外面的人聽着，我們已經被你們包圍了，放下你們的武器，讓我出去。」

這個恐怖分子剛喊完，後腦勺就被另外一個恐怖分子狠狠地打了一下，那人厲聲喝道：「你的智商是負數嗎？竟然還讓警察放下武器放咱們出去，我看你是還沒睡醒吧！」

這個恐怖分子突然轉向被困在商店裏的人質，惡狠狠地吼叫：「殺殺殺，先殺一個給他們看看，外面那些警察不見棺材是不會落淚的。」

被困在商店裏的人都嚇壞了，緊緊地蜷縮在角落裏，把頭埋得不能再低，生怕自己成為那個被選中的犧牲品。

「就殺了這個小女孩，我就不信政府不會答應咱們的條件。」恐怖分子將朗德教授的女兒抓到門口，隔着玻璃窗朝外面的警察吼，「再給你們一分鐘時間考慮，要是還不答應我們的條件，就把這個小女孩殺了。」

「嗚嗚嗚，媽媽，爸爸！」朗德教授的女兒一邊哭，一邊向父母求救。

朗德太太衝向女兒，可是中途被兩個恐怖分子攔下。不僅如此，他們還用武器猛擊朗德太太的身體，使其昏厥過去。

「放開我女兒，要殺就殺我吧！」朗德教授大叫着，「她才八歲，才八歲啊！」

恐怖分子才不管朗德教授的大喊大叫。他們都是些喪盡天良的傢伙，沒有憐憫之心的殺戮者。朗德教授想衝過去救女兒，可是卻被恐怖分子攔下，同樣遭受到一陣兇狠的毆打。

砰！一聲槍響，朗德教授的心像是被子彈擊中了，癱軟在地上，發出痛苦的哀號聲。他不敢朝門口的方向看，不敢接受女兒被殺害的事實。他已經失去了生的慾望，要跟恐怖分子拚命，要和女兒一起到另一個世界去。

砰砰砰！

又是幾聲槍響，在亂槍之中朗德教授竟然還聽到了女兒的叫聲。他驚喜萬分，意識到女兒還沒死。於是，朗德教授抬頭朝門口的方向看去，但眼前的一幕令他驚呆了。

一個特種兵不知道甚麼時候衝了進來，而且已經將他的女兒抱在懷中，用身體緊緊地護住了她。就在一眨眼的時間到底發生了甚麼，朗德教授一臉迷惑，但他牢牢地記

住了那張臉，那個用身體護住自己女兒的人的臉。

原來，剛剛聽到的第一聲槍響並不是恐怖分子打響的，而是戰鷹小隊。劫持事件發生後，警方向駐地部隊請求支援。於是，戰鷹小隊奉命出動，前來解救被劫持的人質。

戰鷹小隊到達後，迅速了解商店外部和內部的佈局，制訂了周密的救援計劃。隨後，恐怖分子將朗德教授的女兒抓到門口，叫囂着要殺掉她以示他們的兇狠，以此來威脅政府。關鍵時刻，楊大龍扣動了 88 式狙擊步槍的扳機，一槍將正在叫囂的恐怖分子擊斃。早就躲在門外的戰鷹小隊破門而入，歐陽山峰一把抱起朗德教授的女兒，不斷躲避恐怖分子射來的子彈，並用身體將其護住。

一陣激戰之後，恐怖分子絕大多數被擊斃，只有兩人重傷被俘。商店裏的人質獲救了，朗德教授的腦海中牢牢地印下了戰鷹小隊成員們的模樣，特別是歐陽山峰的面容。

如今，在豺狼組織的基地裏，朗德教授手裏拿着的正是歐陽山峰的照片。熟悉的面容再次喚醒了他永不磨滅的記憶。毒蜥讓朗德教授把這些人的人臉信息輸入到機械蜂的芯片中，他自然知道這意味着甚麼。

朗德教授無法接受這一事實，不肯將恩人的信息輸入到機械蜂的芯片中，讓他們成為機械蜂追殺的對象。但是，他知道反抗是沒有用的，唯一的辦法就是假裝接受這一任務，然後再見機行事。

88 式狙擊步槍

關鍵時刻，楊大龍使用 88 式狙擊步槍將恐怖分子擊斃。
說到 88 式狙擊步槍，它可是楊大龍最喜愛的槍械。

88 式狙擊步槍，全稱為 QBU-88 式狙擊步槍，是目前
中國軍隊現役的主要狙擊步槍。它採用無托設計，全重
4.1 公斤，全長 920 毫米，其中槍管長 620 毫米，彈匣
容量 10 發。88 式狙擊步槍屬於小口徑狙擊步槍，口徑
為 5.8 毫米，與 95 式自動步槍的子彈通用，其彈頭出
膛速度和飛行速度高，有效射程可達 800 米。

88 式狙擊步槍配有兩腳架，射擊時可以使槍身更加穩
固，從而提高射擊精度。一名訓練有素的射手使用 88 式
狙擊步槍，可以輕鬆擊中 50 米距離處的一枚硬幣。

第十二章
祕密潛入

LOADING...

　　朗德教授看着戰鷹小隊的照片一言不發，表情凝重。這引起了毒蜥的懷疑，於是他問道：「教授，難道你認識他們？」

　　「不，不認識。」朗德教授回答，神情略顯緊張。

　　毒蜥死死地盯着朗德教授的眼睛，似乎看出了他在撒謊。不過，毒蜥沒有證據，也無心追問，只是問朗德教授到底能不能將這些照片轉化為人臉信息，輸入到機械蜂的芯片中。

　　「有點難度，不過我可以嘗試一下。」朗德教授含糊其詞。

　　「不是嘗試，而是必須完成。」毒蜥仍舊死死地盯着朗

德教授的眼睛，「這是刺梅的命令，誰都不能違背，否則後果你是知道的。」

朗德教授深吸了一口氣，他知道毒蜥所說的後果是甚麼，也正是因為害怕那樣的後果發生，所以他才委曲求全。豺狼組織雖然沒有將朗德教授的女兒和妻子抓來，但是他們卻以女兒和妻子要挾朗德教授。刺梅告訴朗德教授，如果不配合他們的工作，不全力投入到智能武器的研發中，他們就會殺害朗德教授的女兒和妻子。

女兒和妻子是朗德教授的軟肋，他絕不允許任何人傷害她們。所以，他只能服從刺梅的命令，乖乖地為豺狼組織工作。如今，毒蜥再次提醒朗德教授小心後果，他心裏一顫，想到了女兒和妻子。朗德教授已經有一年多沒見到她們了，想念至極，卻無可奈何，只能默默地祈禱她們平安快樂。

想到這裏，朗德教授對毒蜥說：「放心吧，我會完成這項任務的。」

毒蜥冷笑一聲，把照片丟給朗德教授，然後離開了。看着照片上的人，朗德教授陷入兩難的境地。一邊是自己的妻女，一邊是曾經救過自己和家人的恩人，他該如何是好呢？

朗德教授糾結萬分，但最終還是要執行刺梅的命令，因為他別無選擇。就在朗德教授開始將照片上的平面數據轉化為立體信息，輸入到機械蜂的芯片中時，幾個少年正在悄悄地靠近豺狼組織的基地。

　　暗夜中，秦天正在根據導航系統帶領戰鷹小隊謹慎地前行。他們戴着面罩，只留一雙警覺的眼睛觀察前行的路線。這樣做的目的是防止遭到機械蜂的攻擊。出發之前，他們已經對機械蜂進行了詳細的研究，知道它是靠人臉識別來發起攻擊的，所以才採取了這樣的措施。

　　「前方是一個村莊。」歐陽山峰對秦天說，「你的情報不會有誤吧？」

　　「絕對不會出錯。」秦天肯定地說，「恐怖分子偽裝成平民隱藏在村莊裏。」

　　出發前，秦天拿到了情報部門提供的信息，得知豺狼組織隱藏在一個叫「召布道沃」的村子裏。這個村莊的情況十分複雜，甚至連很多村民的國籍都說不清楚。曾經，這個村子的人以販毒為生，將毒品從這裏發往世界各地。現在，雖然毒品交易已經轉至地下，但卻從未停止過。

　　「咱們必須趁着天黑進入村莊，否則很容易被豺狼組織的成員發現。」秦天說。

　　戰鷹小隊的少年們緊跟在秦天的後面，快速向村莊靠近。到達村口時，狗叫聲傳來，而一隻狗一旦叫起來，其他的狗也會跟着叫起來，所以狗叫聲變得此起彼伏。

　　「這些狗真討厭，咱們不會被發現了吧？」夏小米小聲說。

　　秦天也有點緊張，因為他沒想到村子裏會養這麼多狗，

而且狗竟然如此靈敏，在他們進入村莊之前便狂吠起來了。

「我建議咱們不要進入村莊，還是先用無人偵察機把村子裏的情況摸清楚再說。」關悅說。

秦天沉思片刻，同意了關悅的建議。他命令戰鷹小隊潛伏在村口，然後讓關悅放飛無人偵察機。關悅從背包裏拿出一個盒子，裏面裝着無人偵察機的部件。楊大龍用袖子遮在手電筒的前端，然後才打開手電筒。這樣手電筒的光線透過衣袖後就會變得昏暗，但又能照亮面前的一小塊區域，同時又不會被遠處的人看到。

關悅熟練地將無人偵察機的各個部件組裝到一起，眨眼的工夫，一架無人偵察機就出現在大家的面前了。這是一架迷你無人偵察機，長約六十厘米，翼展四十厘米有餘，能在空中持續飛行兩個小時之久。

啟動無人偵察機的程序後，關悅單手持無人偵察機，斜向上將其拋向空中。夜幕中，無人偵察機先是向上飛升，然後轉入平飛狀態。

「無人偵察機已經進入正常飛行軌跡。」夏小米看着手中的平板電腦說。

夏小米手中的平板電腦既是圖像接收器，也是一個操控無人偵察機的控制器。無人偵察機在夏小米的操控下從村莊的南部進入，在村莊的上空緩緩向北飛行。它飛得很低，幾乎是貼着屋頂飛行的，但村裏的人卻很難發現它，因為它不

發出任何亮光；由於採用電池作為動力，因此幾乎也不發出任何聲音。

在夏小米手中的平板電腦上顯示的是黑白圖像，這便是紅外圖像。夜間，無人偵察機採用的是紅外偵察技術，也就是通過不同物體的溫度差來識別目標。

「你們看，這是一頭豬。」帥克笑着說，「還有一隻狗呢！」

豬和狗都在一家農戶的院子裏，而且大半夜也不睡覺，還在院子裏跑來跑去。

無人偵察機繼續往前飛，少年們又看到了牛、羊，還有走動的人。牛和羊並沒有引起少年們的注意，但走動的人卻令他們格外關注。

平板電腦上顯示的不是一個人，而是好幾個人。他們不是在街上走動，而是在一個寬敞的院子裏，並且他們的走動很有規律——都是在特定的範圍內來回地走動。

無論是秦天還是戰鷹小隊的少年都意識到這幾個人的舉動不同尋常。半夜三更不睡覺，而且還來回地走動，只有一種可能。

國防小講堂

戰術無人偵察機

關悅放飛一架迷你無人偵察機,在恐怖分子可能隱藏的地區上空偵察。這種偵察機屬於戰術層級的無人偵察機,飛行距離和飛行時間都比較短,主要為指揮人員提供敵軍的兵力和火力部署等情報。

隨着軍事科技的發展,特別是仿生技術在軍事領域的應用,更多具有仿生外形的迷你無人偵察設備逐漸進入戰場,比如具有鳥類或昆蟲外形的無人偵察機。它們可以堂而皇之地進入敵佔區偵察,卻很難被敵人發現。

第十三章

兵分兩路

LOADING...

　　深夜中，無人偵察機的紅外攝像頭拍攝到了可疑的畫面。在一個寬敞的院子裏，好幾個人有規律地走動着，而且他們好像還拿着槍。

　　這個院子裏有高高矮矮五棟建築，而院外則是一圈高大的樹木。細心的關悅還發現在一棟建築物的屋頂上竟然還有一個人。屋頂上的人與院子裏的人不同，他幾乎是靜止不動的，從拍攝到的姿勢來看，他應該是坐在屋頂上。

　　關悅之所以能夠注意到他，是因為無人偵察機傳回的畫面中有一個忽明忽暗的光點。沒錯，就是這個光點讓屋頂上的人暴露了。在黑暗中，忽明忽暗的光點格外醒目，關悅可以判定光點是點燃的香煙造成的。

「那裏肯定是豺狼組織藏匿的地方。」帥克難以掩飾內心的驚喜，「大魚出現，咱們是不是該撒網了？」

咔咔！歐陽山峰將子彈推進槍膛，站起身來就要往前衝，同時還不忘招呼其他人：「動手吧，趁着天黑把他們一網打盡。」

楊大龍眼疾手快，一把拉住歐陽山峰，但是卻沒有說話。歐陽山峰想掙脫，但楊大龍抓得太緊，他竟然沒有成功擺脫。「快鬆手，別浪費時間了。」歐陽山峰差點喊出來。

楊大龍倒是很聽話，果然鬆開了手。由於歐陽山峰一直向前用力，所以楊大龍一鬆手他竟然向前踉蹌了幾步，最終還是沒站穩，摔倒在了地上。

「咯咯咯！」夏小米沒忍住笑出聲來，「看你笨的，自己把自己摔了一個跟頭。」

歐陽山峰被夏小米嘲笑，自然想爭辯，卻被秦天阻止了。「我就知道不該帶你們來，一羣沒長大的小屁孩。」他生氣地說。

歐陽山峰安靜下來，乖乖地回到原地不再說話。但是，他心裏一直想着早點行動，這樣才能速戰速決。

「收回無人偵察機。」秦天命令道。

「是！」關悅回應。

楊大龍一直沉默不語，只是靜靜地站在秦天身邊。歐陽山峰和帥克則沉不住氣了，忍不住問秦天為甚麼要收回無人

偵察機。

秦天沒有回答他們，只是讓他們保持安靜。很快，無人偵察機飛回，落到了他們的腳下。關悅將無人偵察機拆成多個部件，重新放回到背包裏。

秦天這時才開始佈置任務，很顯然，剛才他之所以沉默不語，是因為他在認真地思考對策。

「剛才無人偵察機偵察的地點無疑是豺狼組織的一個藏匿點，但是無法確定是不是唯一的藏匿點，更不能確定那裏就是他們的智能武器研究基地。所以，咱們還不能貿然行動。」秦天說。

「那下一步咱們該怎麼辦？」歐陽山峰急迫地問。

秦天沒有回答歐陽山峰的問題，而是直接下達了命令：「所有人注意，咱們現在兵分兩路：楊大龍和我前往豺狼組織的藏匿地點進一步偵察；其他人則向後退到村外的密林中等待命令。」

「憑甚麼楊大龍跟你去偵察，我們就要像縮頭烏龜一樣躲起來？」歐陽山峰提出抗議，「我要跟你們一起去偵察。」

秦天轉頭惡狠狠地瞪着歐陽山峰，雖然是在黑夜中，但歐陽山峰還是感覺到了秦天眼中的怒氣。

「你是第一天當兵嗎？」秦天的語氣中同樣帶着怒氣，「我再說一遍，這是命令，沒有討價還價的餘地。」

軍人以服從命令為天職，這條鐵一般的紀律歐陽山峰當

然知道，所以他不再說話。對比之下，帥克倒是明智多了。他拉了拉歐陽山峰的衣服，小聲說：「你還不了解秦天嗎？跟他作對沒有好果子吃。」

帥克想起在獵人集訓隊的日子，秦天是他們的教官，讓他們進行艱苦的訓練。秦天經常對他們說的一句話就是：「在這裏，最重要的規則就是沒規則。」一開始，帥克還不理解這句話的含義，後來他才明白，原來在獵人集訓隊教官就是規則，教官想怎麼訓練他們就怎麼訓練他們。

秦天和楊大龍準備起身離開。楊大龍有些不放心，因為他太了解自己的隊友了，特別是歐陽山峰。他擔心歐陽山峰會鼓動其他人在他們離開後也採取行動。所以，他特意叮囑歐陽山峰：「別忘了一起吃的虧，你千萬不要亂來。」

這句話深深地刺痛了歐陽山峰，在以前的行動中他曾因魯莽和衝動險些喪命，甚至害得戰友為了營救他也身陷險境。

「關悅，剩下的人由你來負責，如果有人不聽指揮立即向我報告。」秦天命令道，然後，他又特意看了歐陽山峰一眼，「如果不想脫掉軍裝的話，就服從命令。」

這句話很有殺傷力，歐陽山峰竟然感覺到自己像被刺了一刀，不由得用手捂住胸口向後退了幾步。

秦天和楊大龍很快消失在漆黑的夜色中。其他人也在關悅的帶領下退回到村莊外的密林中。

夜一如既往的寂靜，連狗叫的聲音都沒有了，只是偶爾能夠聽到寥寥的蟲鳴聲。關悅、夏小米、帥克和歐陽山峰躲在樹林裏，靜靜地等待着命令。

　　歐陽山峰心裏不痛快，暗暗地想秦天厚此薄彼，只看重楊大龍一個人，而其他人在他的眼裏都是累贅。所以，他悶悶不樂地坐在一棵大樹下，背靠大樹抬頭望着星光點點的夜空。樹梢在微風的吹拂下輕輕晃動，像裊裊起舞的少女。透過枝葉間的縫隙，歐陽山峰找到了天空中特別亮的一顆星——啟明星。他知道，每當啟明星在夜幕中異常奪目的時候，就預示着天要亮了。

　　天就要亮了，可秦天和楊大龍還沒有傳回任何消息。歐陽山峰有些坐不住了，除了希望得到採取行動的命令，他也在擔心着兩個人的安危。

　　不僅是歐陽山峰，帥克的心裏也像長滿了草，他圍着一棵樹來回地轉圈，都快把自己轉暈了。歐陽山峰拉住帥克，低聲在他的耳邊說了幾句。

　　帥克瞪大了眼睛連連搖頭，然後悄悄地望向關悅和夏小米。兩位女生倒是心寬，竟然背靠背坐在地上睡着了。

國防小講堂

服從命令

遇到自己不想做的事情，歐陽山峰總是喜歡討價還價，服從命令的意識不夠強。「軍人以服從命令為天職」是軍中的第一鐵律。這是因為在作戰時最重要的就是服從，沒有服從，一切行動都無法順利進行。比如，在被敵軍包圍的情況下，指揮機構要求部隊集中兵力在某個位置去撕開敵軍防線。這個時候，如果各個部隊不服從命令，只顧着自己的戰鬥區域，那麼最終他們就會被敵軍圍困而死。

在作戰行動中，甚至是要犧牲少部分人的利益或生命來換取團隊的利益。比如在被敵軍追擊的時候，會把一部分兵力留在路上攔截追兵，從而保障大部隊撤退，如果這部分軍人不服從命令，那麼整支部隊就會遭受到致命的打擊。

　　歐陽山峰見關悅和夏小米背靠背睡着了，便慫恿帥克和他一起悄悄離開，去豺狼組織的基地找秦天和楊大龍。

　　帥克的心裏也是癢癢的，但卻記得秦天離開時說的話。紀律是塊鐵，誰碰誰流血。他擔心一旦自己違抗命令，會受到懲罰，說不定還會因此脫掉軍裝，結束軍旅生涯。所以，他並沒有響應歐陽山峰的慫恿，反而極力勸說他服從命令。

　　歐陽山峰氣急敗壞，說帥克是膽小鬼，還說「將在外軍令有所不受」。「你知道嗎？也許秦天和楊大龍已經被俘了，需要咱們去營救呢！」這句話最具煽動性。

　　是啊，秦天和楊大龍已經離開好久了，而此時天色即將放亮，卻仍得不到秦天和楊大龍的消息，所以帥克和歐陽山

峰一樣如同熱鍋上的螞蟻，煩躁不安。

帥克偷偷地看了看關悅和夏小米，兩個人仍舊酣睡如泥。帥克有些心動了，低聲對歐陽山峰說：「也許你說得對，咱們不能一直這樣等下去。」

歐陽山峰的臉上露出喜悅之色，緊緊地握着帥克的手激動地說：「兄弟，還是你靈活變通，不像那兩個女生，就像機器人一樣，只知道執行命令。」

兩個人達成共識，準備悄悄地離開。帥克走到兩位女生的身邊，從地上拿起他的戰術背包，然後躡手躡腳地走向歐陽山峰。

兩位男生對視一笑，但誰也看不清對方的表情，此時正是黎明前最黑暗的那段時間，而這段時間一過，天就會迅速地明亮起來。

歐陽山峰和帥克恨不得插上翅膀飛向目的地，但還沒走出幾步，便聽到身後一聲陰森森的喝令：「站住，你們想去哪裏啊？」

兩個人停住腳步，但卻沒有轉過身。歐陽山峰心想：完了，完了，她們怎麼偏偏在這個時候醒了呢？

帥克則機靈地說：「我們要去小便，難道都不行嗎？」

「小便？」關悅站起身來，「小便不必鬼鬼祟祟地走到我們身邊，把裝備都背上吧？」

「你……你都看見了？」帥克轉過身尷尬地說，心想，

原來這兩個女生是在裝睡啊！

村莊的方向傳來公雞打鳴的聲音，預示着新的一天將被喚醒。關悅和夏小米走到兩位男生的身邊，一起眺望朝霞下隱隱約約的村莊。兩位女生同樣擔心秦天和楊大龍，也想儘快加入最前線的行動中，但是，她們知道魯莽的行動也許會攪亂整個行動方案。

關悅暗暗地想：此時的秦天和楊大龍到底身在何處，正在做甚麼，會不會有危險呢？

天亮時分，秦天和楊大龍正隱藏在圍牆外的一棵大樹上，居高臨下觀察着院子裏的一舉一動。他們身穿機械戰甲，因而可以輕鬆地攀高。昨晚的判斷是正確的，院子裏的不是普通人，而是恐怖分子。

為了能聽到恐怖分子的說話聲，秦天放出了一種神祕的竊聽昆蟲。就像豺狼組織的機械蜂一樣，這種竊聽昆蟲也是人工智能的產物。它可以被製造成蜻蜓、蝴蝶、蟬等外形，從而以假亂真，不被敵人發現。

秦天放出的是一隻蜻蜓外形的竊聽昆蟲。它早已飛到院子裏，就落在恐怖分子身邊的花叢中。此時，恐怖分子的對話正源源不斷地傳進秦天的耳朵。

「你聽說了嗎？咱們策劃的劫機事件之所以沒有成功，是因為乘客中竟然有中國空軍的戰鷹小隊。」一個恐怖分子說。

「我早聽說了。」另一個恐怖分子說,「戰鷹小隊沒想到咱們還有一個人隱藏在乘客中,已經偷偷地拍攝了他們的照片。」

「你說的是『紅狗』吧?」

「沒錯,就是紅狗。昨天,紅狗已經回到基地了。」

聽到這裏,楊大龍為之一顫,心想,恐怖分子比他們想像的要狡猾得多,竟然有一個人悄無聲息地全身而退了,而他們卻渾然不知。

楊大龍屏住呼吸,繼續聽恐怖分子的對話。

「聽毒蜥說,戰鷹小隊的人臉信息已經被輸入到機械蜂的芯片中了。」一個恐怖分子說。

另一個則感歎道:「那個朗德教授還真厲害,僅憑幾張照片就能給機械蜂下達追殺命令,看來戰鷹小隊那幾個倒霉蛋活不了多久了。」

聽到這句話,楊大龍趕緊把面罩拉下來,藏住了面容。秦天則不驚不慌,因為豺狼組織的人並不知道他,也沒有獲取他的人臉信息。

楊大龍擔心戰鷹小隊的其他人,卻又不敢打開單兵電台通知他們,因為恐怖分子可能對單兵電台的波段進行搜索監聽,從而發現他們的存在。

楊大龍心裏着急,生怕恐怖分子已經放出了機械蜂,而戰鷹小隊的少年們距離這裏很近,說不定很快就被機械蜂搜

索到了。無奈之下，他還是冒着被發現的危險開始呼叫：「雨燕，雨燕，我是翼龍，聽到請回答。」

村外的樹林中，戰鷹小隊的其他人正在焦急地等待。關悅聽到楊大龍的呼叫，驚喜萬分，立即回應：「翼龍，我是雨燕，請講！」

「立即做好防護，小心機械蜂。」

關悅聽到這句話後，便再也聽不到楊大龍的聲音了。「翼龍，翼龍——」關悅連續呼叫都沒有得到應答。她很聰明，猜測楊大龍擔心敵人監聽到他們的通話，所以關閉了電台。

「楊大龍都說了甚麼？」歐陽山峰焦急地問。

帥克和夏小米也是一副急不可耐的表情，瞪大眼睛看着關悅。

「他說小心機械蜂。」關悅緩緩地說。說完之後，她馬上意識到了問題的嚴重性，立即拉下了面罩，並喊道：「快做好防護！」

關悅的舉動令其他人瞬間緊張起來。他們紛紛拉下面罩並左右張望，好像機械蜂已經飛到了他們的身邊，甚至已經聽到了嗡嗡嗡的響聲。

國防小講堂

偵察與反偵察

秦天與楊大龍靠近恐怖分子的基地進行偵察，這是獲取敵情的有效手段。在軍隊中有專門負責偵察的兵種，稱為偵察兵。他們善於使用各種偵察設備，掌握各種偵察技能，軍事素質也比普通的士兵過硬。

偵察是雙方的，也就是敵我雙方都會進行偵察，所以反偵察變得尤為重要。比如，楊大龍在抵近敵營偵察的時候，一直提高警惕並進行了嚴密的偽裝和隱蔽，就連電台都處在關閉狀態，其目的就是防止敵人的反偵察。

第十五章
機械蜂出擊

LOADING...

　　嗡嗡聲在少年們的耳邊響起，夏小米嚇得趴在地上，把頭埋在兩臂之間。她想起了對抗演習中被機械蜂刺殺的藍軍指揮官，難免心驚肉跳。

　　歐陽山峰膽子最大，直視着迎面飛來的蜜蜂，竟然還要數一數一共有幾隻。「一二三四五，哈哈，咱們才四個人，看來有一隻是備用的。」他大聲嚷嚷着。

　　「歐陽瘋子，你不要命了？」關悅按住歐陽山峰的腦袋讓他低下頭，把臉藏起來。

　　歐陽山峰梗着脖子，硬是不低頭。「有甚麼好怕的！我已經戴上面罩了。再說了，到底是真蜜蜂還是機械蜂還沒看清楚呢！」說着，他竟然迎着飛來的蜜蜂走去。

「瘋了，真的是瘋了。」關悅氣得真想一腳把歐陽山峰踹倒。

秦天沒有帶歐陽山峰去執行偵察任務，所以歐陽山峰憋着一口氣。這口氣沒地方出，正好發洩到機械蜂的身上。他想親手抓住一隻機械蜂，研究研究這個小東西到底是甚麼樣子的。

機械蜂並沒有聚在一起，而是分散開來。它們已經探測到了附近的人，正緩緩地逼近並不斷地進行掃描，以判斷這些人是不是它們要攻擊的目標。

夏小米聽到有一隻機械蜂在她的頭頂上方懸停，嗡嗡的聲音在她的耳邊震響。此時，她感覺那隻蜜蜂就像一架懸停在上空的武裝直升機，似乎隨時會發射一枚空對地導彈對她進行攻擊。

「我不是夏小米，你認錯人了，快飛走吧！」夏小米自言自語。

那隻機械蜂好像聽懂了她的話一樣，在她的頭頂盤旋幾周後真的飛走了。嗡嗡聲消失後，夏小米試探性地抬頭四處張望，果然沒有看見機械蜂，這才長出了一口氣，自嘲地說：「果然是看臉的時代，看不到我的臉它就飛走了。」

但是，那隻機械蜂並沒有飛遠，而是朝歐陽山峰飛去了。其他人都躲着機械蜂，唯獨歐陽山峰故意去招惹它們。

現在，五隻機械蜂都懸停在歐陽山峰的面前，嗡嗡地搧

動着翅膀，隨時可能一頭撞向歐陽山峰的額頭。歐陽山峰並不害怕，用兇狠的眼神盯着機械蜂，與它們對峙。歐陽山峰的臉上戴着面罩，只露出一雙眼睛。他認為，機械蜂再厲害，也無法識別出一張藏在面罩後的臉吧？

機械蜂按照內置的程序一遍遍地掃描歐陽山峰的面孔，始終無法與芯片中儲存的人臉信息相匹配，所以內部程序向它們下達了飛離的指令。

它們想飛走可沒那麼容易，因為歐陽山峰已經做好了抓捕它們的準備。只見歐陽山峰突然揮起一個鼓滿空氣的袋子，猛地將機械蜂套了進去。

嗡嗡嗡……機械蜂就像沒頭的蒼蠅那樣在袋子裏亂飛。歐陽山峰數了數，一共有三隻，也就是說有兩隻沒有被他抓到。

歐陽山峰把手伸進袋子裏，想抓住其中一隻機械蜂仔細研究。關悅衝到他的身邊，一把拉住他的手，及時阻止了他的魯莽行為。

「難道你忘了？機械蜂的體內有微量的高性能炸藥！當它受到攻擊時，高性能的炸藥有可能會自動引爆，而你的手難免會被炸傷。」關悅說。

歐陽山峰嚇得趕緊把手縮回來，然後把袋口束緊，惡狠狠地說：「那我就把它們關在裏面，看它們能飛多久。」

歐陽山峰的冒險行為驗證了一件事：機械蜂是無法對戴

着面罩的臉進行識別的。所以，以後再遇到機械蜂的時候，只要他們戴着面罩便可以無視這些恐怖的機械昆蟲了。

其實，機械蜂沒有對他們發起攻擊的原因並非如此，因為朗德教授研究的人臉識別技術完全可以透過面罩掃描到人臉的真實信息。機械蜂之所以沒有對戰鷹小隊的隊員發起攻擊，真實的原因是朗德教授根本就沒有把他們的人臉信息輸入到機械蜂的芯片中。他無法說服自己助紂為虐，去幫助豺狼組織刺殺自己一家人的救命恩人。

朗德教授甚至在期盼着一件事，那就是戰鷹小隊能夠找到這裏，摧毀這個邪惡的武器實驗室，消滅豺狼組織的恐怖分子。他臥薪嘗膽，祕密地進行着一項誰也想不到的工作，期待着這一天的到來。

在豺狼組織的智能武器研究基地，毒蜥傲慢地走到朗德教授的面前。他打開手機，開始播放一段影片，而朗德教授則呆呆地看着影片，淚水不知不覺地流淌出來。

影片中出現的人是朗德教授的妻子和女兒。那是一個陽光明媚的清晨，朗德太太牽着女兒的手，而女兒的背上背着書包。妻子正要送女兒去上學，這是一幅多麼溫馨的畫面啊！他伸出手，也想去牽女兒的手，也想送她去上學。如此普通的生活畫面，對他來說卻變成了奢望。

「放心吧，朗德教授。」毒蜥關閉影片，「你的家人都好好的，而且我們每個月都以你的名義給她們匯一筆錢。她

們都以為你在為國家做一項祕密的工作，所以才一年沒有回家。」

朗德教授甚麼也沒說，他已經習慣了這種生活。要不是豺狼組織以家人的安危來威脅他，他是絕不會為豺狼組織效命的。

毒蜥之所以播放這段影片給他看，是在告訴他，他的家人一直處於豺狼組織的監視之下，如果他不死心塌地為豺狼組織工作，後果可想而知。

朗德教授表面上遵從豺狼組織的命令，但心裏卻恨不得他們早點從這個世界上消失。看過這段影片後，他更加堅定了自己的想法。他要用自己的方法，用科技的力量來消滅豺狼組織，只有這樣，他才能和家人團聚。

國防小講堂

智能武器

說到智能武器，隨着科學技術的發展，它的概念是在不斷刷新的。總體來說，智能武器是指應用了人工智能技術，能夠自動尋找、識別和摧毀目標的武器。它的範圍很廣泛，包括精確制導武器、無人駕駛飛機、無人駕駛戰車、仿生偵察設備等。

智能武器走上戰場，在某些方面會減少士兵的傷亡。比如，智能排雷機器人可以自動搜索地雷並將其排除。再如，無人駕駛的偵察機可以飛臨敵方上空偵察，即便被擊落也不會有人員傷亡。可以預見，隨着智能武器的發展，未來的戰場會發生翻天覆地的變化。

第十六章
祕密通道

LOADING...

　　經過認真的觀察和監聽，秦天和楊大龍發現這個院子只不過是豺狼組織的生活場所，而武器研發基地則在另外一個地方。不過，他們得知，從這個院子可以直接通到武器研發基地。也就是說，院子裏一定有祕密通道。

　　祕密通道的入口在哪兒呢？楊大龍仔細觀察，發現其中幾棟房子是用來住人的，只有一棟房子很少有人進出，偶爾有人進入也是很久才出來。並且，楊大龍還發現進入那棟房子的人級別都比較高，因為其他恐怖分子看到他們往往是畢恭畢敬的。

　　細心觀察之後，楊大龍決定讓仿生蜻蜓落到那棟房子的門口一探究竟。在楊大龍的操控下，仿生蜻蜓從院子裏的草

叢中起飛，微微搧動着翅膀飛向那棟房子的門口。

仿生蜻蜓剛剛落在門口上方的屋簷上，楊大龍就看到一個人朝這棟房子走來了。這個人的身影似曾相識，好像在哪裏見過，但他就是想不起來了。

楊大龍沒時間多想，他操控仿生蜻蜓，讓它的頭微微地轉動。仿生蜻蜓有一對複眼，其實那是微型攝像頭。那個人走到門邊，快速地按下一串數字，門便打開了。仿生蜻蜓的複眼將這一畫面清晰地拍攝下來，傳回到楊大龍手中的接收器中。楊大龍欣喜若狂，默默地記下了這串數字，因為他知道這是打開房門的密碼。

那個人進入屋內之後，楊大龍便看不到裏面的畫面了。但是，他可以確定這間屋子絕非尋常，肯定藏着不可告人的祕密。

秦天和楊大龍決定冒險進入院子，但院牆周圍有很多攝像頭，不管從哪裏進入都難免被恐怖分子發現。楊大龍仔細觀察，終於找到了一個相對安全的地方。正值夏季，院牆外面的大樹枝繁葉茂，其中一棵大樹的樹枝垂下來，寬大的樹葉遮住了旁邊的攝像頭。所以，秦天和楊大龍打算從那裏進入院子。

行動之前，楊大龍再次打開電台通知關悅，命令他們靠近豺狼組織的基地，隨時等待突襲指令。接到命令後，最興奮的人自然是歐陽山峰。他們按照楊大龍的命令開始悄悄地

向豺狼組織的基地靠近。

秦天和楊大龍已經來到了圍牆下。他們並沒有急着翻越圍牆，而是讓仿生蜻蜓在附近飛了一圈，確保不會被人發現後才採取行動。

兩個人都穿着機械戰甲，所以翻越幾米高的圍牆是輕而易舉的事情。只見他們蹲下身體，然後猛地向上躍起，竟然直接跳過圍牆，輕輕地落到了院內。

落地之後，兩個人就像一道閃電般衝向那棟房子的門口。秦天在門口看到了落在屋簷上的仿生蜻蜓，它將留在這裏為他們提供信息。楊大龍的腦海中浮現出那串數字，手指麻利地按下去。

咔！房門打開了。楊大龍和秦天閃身進入屋內，這才發現屋內還有一道門，而且同樣是被密碼鎖鎖着。然而，仿生蜻蜓卻沒有拍到這道鎖的密碼。秦天和楊大龍瞬間焦急起來，因為他們多逗留一會兒就多一分被發現的可能。

薑還是老的辣，秦天掏出軍刀在牆壁上刮下一層石灰粉。楊大龍看不懂秦天要做甚麼，但是也沒有問，因為他相信秦天這樣做肯定有他的道理。只見秦天將手中的石灰粉吹向密碼鎖，而接下來的一幕令楊大龍茅塞頓開。

石灰粉沾在了密碼鎖的按鍵上，有的按鍵沾的多，有的沾的少，而有些則幾乎沒有沾上石灰粉。楊大龍這才明白秦天的用意——手指上有油脂，反覆按下密碼鍵時油脂會沾在

上面，而油脂又會吸附石灰粉，所以那幾個密碼鍵必定是沾有石灰粉的按鍵。

秦天的大腦就像一台高速運轉的計算機，不斷地計算着這幾個數字的排列組合，並頻繁地更換順序按下這幾個按鍵。

咔！又是一聲清脆的響聲，門打開了。

楊大龍的眼中冒出驚喜的光芒，對秦天更加佩服了。他想自己要學的東西還多着呢，或者說，這些東西不是學來的，而是自己鑽研出來的。

「記住這串數字。」秦天對楊大龍說。

楊大龍點頭，將這串數字默默地記在心裏。兩個人閃身進入第二道門，出現在面前的是向下延伸的樓梯。

秦天和楊大龍快速而又輕手輕腳地向下走去。他們不知道這條祕密的通道將通向哪裏，也不知道前方會不會有不期而遇的危險，他們只知道自己必須走下去，為了完成任務義無反顧地走下去。

樓梯有幾十級，轉了幾個彎才通到平坦的地方，如果垂直計算的話，此時他們距離地面應該有十幾米。

在他們的面前仍舊是一條狹窄的通道，可以兩人並肩行走。不過，秦天和楊大龍並沒有並肩行走，而是一前一後。秦天在前，楊大龍在後，兩人間隔五六米的距離。

楊大龍沒有一如既往地背着他那桿跟隨他征戰多年的狙

擊槍，而是提着一支看上去有些怪模怪樣的槍。這支槍是秦天幫他選的，因為它不僅外形怪異，而且有其他槍械不能實現的功能，特別適合在狹小的空間和巷戰中使用。

這是一支槍身可以摺疊的槍，楊大龍還是第一次用，據說可以在不暴露自己的情況下，人體藏在障礙物後面並將槍口伸出障礙物，通過攝像瞄準的方式對敵人進行精準射擊。不過，楊大龍並不喜歡這支槍，提着它只有沉甸甸的感覺，並無半點人槍合一的體驗。他就是這樣一個人，喜歡的東西就會一直喜歡下去，而對於新事物總會有那麼一點點抗拒。

走過一段狹窄的通道，前方豁然開闊起來。但是，兩個人並沒有着急進入，因為他們已經預感到危險就在前方靜靜地等着他們呢！

國防小講堂

拐彎槍

在這次行動中，秦天和楊大龍使用的是拐彎槍。所謂拐彎槍，指的是一種可以繞過拐角觀察和射擊目標的武器。使用這種槍時，作戰人員身體的任何部分都無須暴露在外面，從而起到保護作用。

其實，拐彎槍並非新鮮事物。在第一次世界大戰的西線戰場上，士兵利用戰壕和掩體隱蔽，然而在隱蔽自己的同時也阻擋了自己的視線。為了使士兵的腦袋不暴露在敵人的火力之下就可以瞄準射擊，英國人受潛望鏡的啟發，研製出了最原始的戰壕潛射槍。

真正意義上的拐彎槍誕生於第一次世界大戰後期。當時，德國研製出了一種帶有彎度的管套。這種管套可以套在步槍的槍口上使用，套管與槍管用木柄固定。

第十七章
地下空間

LOADING...

在狹窄通道的盡頭，楊大龍和秦天停了下來。他們聽到了有規律的走路聲，並由此推斷裏面有為數不少的訓練有素的武裝人員。

兩個人並沒有害怕，甚至相視一笑，難以抑制內心的驚喜，因為他們要找的就是這裏——恐怖分子的武器研發基地。

兩個人不敢說話，只是用特戰手語進行交流。楊大龍打出一個手勢，意為：進去嗎？秦天回覆一個手勢，意為：再等等。

在沒有把握的情況下，秦天很少貿然行動。他要弄清楚武器研發基地的佈局，以及裏面到底有多少武裝人員。

仿生蜻蜓留在了入口處，否則可以將它放飛來窺探情況。不過，秦天還有別的法寶。這次行動之前他可是把整個裝備庫翻了個遍，能帶上的高科技單兵裝備儘量都帶上了。

一隻小老鼠突然快速地爬進寬敞的空間內。楊大龍不由得一驚，心想這裏竟然還有老鼠。秦天朝他一笑，比畫了兩個手勢。楊大龍這才明白老鼠竟然是秦天放進去的，而那也並非真的老鼠，而是一隻「偵察鼠」。

偵察鼠的外形與真正的老鼠毫無差別，擅長鑽洞，或者躲到角落裏進行偵察，而且它的爬行速度極快。

秦天控制偵察鼠躲到一張桌子的下面，開始探頭探腦地偵察，而偵察鼠觀察到的畫面源源不斷地傳回到秦天手中的顯示屏上。秦天遙控着偵察鼠不斷地變換位置，想儘量看清武器研發基地中的每個角落。

通過偵察，秦天發現這個武器研發基地面積少說有上千平方米，其中的研發人員多達百餘人，而負責警戒的武裝人員也有幾十個。

研發人員不必擔心，關鍵是如何對付這些武裝分子。他們分佈在四個方向，有些人還在中間來回走動，手裏始終拿着槍，總是一副嚴陣以待的樣子。由此，秦天判斷出這些研發人員中肯定有不少是被他們脅迫的，否則他們不會一刻不停地看管這些人。

現在，秦天最關心的是除了這個入口，還有沒有其他出入口。但是，經過一番仔細的偵察後，他並未發現其他通道，也就是說出口和入口都是這一條通道。

　　要摧毀豺狼組織的武器研發基地，最好的辦法就是爆破。然而，一個棘手的問題擺在他的面前——這些科研人員有些是被脅迫的，不能將他們視為恐怖分子，所以要儘量保護他們的安全，甚至要把他們救出去。

　　正在這時，有腳步聲朝他們逼近，秦天和楊大龍屏住呼吸，身體緊貼牆壁，心想也許不得不動手了。機械鼠傳回畫面，朝他們走來的不是恐怖分子，而是一個身穿白衣的研發人員，看樣子應該還是一個團隊的領袖，因為恐怖分子見到他也是客客氣氣的。

　　這個人正是朗德教授。他已經在地下空間連續工作兩天了，經過許可，可以到地面上去透透氣。朗德教授將戰鷹小隊的人臉信息輸入到機械蜂的芯片中，這讓毒蜥和刺梅很是高興。朗德教授是整個武器研發基地的核心人物，所以二十四小時都有人跟隨在他的身邊，說是保護，其實是監視。所以，朗德教授在向外走的時候，後面還亦步亦趨地跟着一個全副武裝的恐怖分子。

　　看到有兩個人朝通道走來，秦天和楊大龍都緊張得心跳加速。兩個人各自貼在通道的一側，用手語進行交流。他們決定各自對付一個，用最快的速度將他們制伏，並且不能讓

他們發出一點聲音。

嗒嗒嗒！一輕一重的腳步聲緩緩靠近。朗德教授拖着疲憊的身軀，緩緩地走向通道。他的腦海中浮現的是不久前毒蜥給他看過的那段影片的畫面——陽光燦爛的清晨，伴着拂面的微風，妻子牽着女兒的手送她去上學。女兒金黃色的頭髮在陽光下閃着溫和的光，髮絲在微風中飄起，彷彿吹過了他的臉頰。

想到這裏，朗德教授的眼眶再次濕潤了。甚麼時候能離開這個鬼地方啊？他在心裏默默地問自己。走到通道的入口處，朗德教授突然停下來，然後回頭看着跟在他身後的恐怖分子，目光中充滿了憤怒。他想逃離這裏，立刻，馬上，就是現在，這種念頭在他的腦海中閃過。他想奪下恐怖分子的槍，一槍把那傢伙擊斃，然後向上跑，一直跑，一直跑……

腳步聲突然停止了，秦天和楊大龍反而更加緊張了。到底發生了甚麼？是不是自己被發現了？楊大龍和秦天都在這樣猜測着。

理智戰勝了衝動，或者說是軟弱控制了自己的身軀，朗德教授強烈的反抗念頭就像被大雨澆淋的火苗，慢慢地熄滅了。

腳步聲再次響起，而且就在耳邊了。楊大龍和秦天已經做好了戰鬥準備。不管遇到甚麼困難，或者身處險境，楊大龍一向從容淡定，可今天竟然緊張得幾乎要窒息了。他並不

是害怕，而是擔心驚動了更多的恐怖分子，從而無法完成摧毀豺狼組織智能武器研發基地的任務。

朗德教授先走進通道，而恐怖分子就緊緊地跟在他身後。楊大龍沒等恐怖分子進入通道便探出身體，一把鎖住了他的咽喉。楊大龍身穿機械戰甲，機械手臂的力量非同尋常，十分輕鬆地就把恐怖分子拖進了通道裏，令他無力反抗，也發不出一點聲音。

朗德教授早就被秦天控制了，對付一個手無縛雞之力的教授對秦天來說簡直是大材小用。朗德教授並不反抗，雖然他不知道來者何人，但再壞也壞不過豺狼組織的恐怖分子吧？定睛觀察之後，他的雙眼竟然還閃爍出驚喜的目光。

國防小講堂

蜘蛛絲防彈衣

在這次行動中，戰鷹小隊不僅使用了機械戰甲、拐彎槍等新奇裝備，還穿上了蜘蛛絲防彈衣。蜘蛛絲強勁、柔韌，正在被用於研製防彈衣。目前的防彈衣主要是「克維拉」纖維材料，但研究結果顯示，蜘蛛絲的堅韌性是克維拉的好幾倍。蜘蛛絲的超級伸長能力使它斷裂時需要吸收更多的能量，理論上可以使射來的子彈更有效地減速。所以，蜘蛛絲製作的防彈衣既輕便，又能很好地消解子彈的衝擊力，發揮出色的防彈作用。

除此之外，蜘蛛絲還可以用於製造坦克和飛機的裝甲等。在航空航天方面，它可用於結構材料、複合材料和太空衣等。在農業和食品方面，可用作捕撈網具，代替會造成白色污染的包裝塑膠等。

第十八章
臨時計劃

LOADING...

　　朗德教授認識楊大龍，而且幾天前剛剛看過戰鷹小隊的照片。於是，朗德教授朝楊大龍比畫了起來。楊大龍也覺得朗德教授有些眼熟。於是，他低聲問：「你認識我？」

　　朗德教授近乎瘋狂地點頭。

　　秦天很謹慎，不敢放開朗德教授的嘴，生怕他喊出聲音來。楊大龍示意秦天稍稍放開朗德教授的嘴，聽聽他到底想說甚麼。

　　「S市，步行街，商店裏，你⋯⋯不，是你們救的我們一家，還有好多人質。」朗德教授有些語無倫次。

　　楊大龍的腦海中瞬間浮現出兩年前在S市步行街解救人質時的畫面。他仔細看了看朗德教授，畫面變得更加清晰

了，他試探着問：「你是那個被恐怖分子推到門前的小女孩的父親？」

朗德教授又是一陣瘋狂的點頭。

「你怎麼會在這裏？」楊大龍迷惑地問。

「被他們抓來的。」朗德教授說，「我是研究人工智能的專家。」

「我們是來摧毀這裏的，也會儘量把像你這樣的人救出去。」楊大龍說。

「我幫你們。」朗德教授心想，真的是蒼天有眼，讓自己等到了這一天。

楊大龍想，如果有這位教授幫忙，也許他們的行動會更順利。於是，他點頭同意。秦天並不了解楊大龍和朗德教授之間發生的故事，但是他信任楊大龍，所以便放開了朗德教授。

「我帶你們把這個人藏起來，然後再返回地下空間。」朗德教授說。

秦天有些遲疑，但楊大龍卻堅信朗德教授不會騙他們。沒有時間猶豫了，秦天和楊大龍在朗德教授的引導下快步向前走去。當然，他們還抬着那個被打暈的恐怖分子。

朗德教授將他們帶到一間屋子裏，這是豺狼組織特意為他準備的休息室。秦天和楊大龍把打暈的恐怖分子塞到牀底下，然後換上朗德教授給他們的白大褂，戴上口罩，準備和

朗德教授一起重返地下空間。

臨走前，朗德教授從一個隱蔽的角落裏找出一塊芯片。他把芯片捏在手裏，冷冷地說：「是時候清算他們的罪行了。」

三個人在通道內快步行走，但此時，意想不到的事情發生了。雖然身處地下，但他們還是聽到地面上傳來了隱隱約約的槍聲。楊大龍擔心的事情還是發生了——歐陽山峰他們和恐怖分子交火了。

地下空間中也傳來嘈雜的聲音，他們甚至還聽到恐怖分子的吼聲。秦天想，他們要抓緊時間了，否則不但不能完成任務，就連他們也不能活着回去了。

「在被識破之前你們千萬不要動手，先跟我混進去，等我完成最後的工作再動手。」朗德教授說。

一路上，朗德教授已經簡要地描述了他的計劃，而這一計劃得到了秦天和楊大龍的認可。所以，他們點頭同意，緊緊地跟在朗德教授的身後。

三個人急匆匆地走進武器研究室，看到恐怖分子們正一臉驚慌地叫喊着：「都待在自己的工作位置上不要動，更不要試圖逃跑，否則子彈就會鑽進你的腦殼。」

一個恐怖分子迎面朝朗德教授走來。他對別人都是一副兇神惡煞的表情，但對朗德教授卻收斂很多。

「教授，咱們的基地突然遭到襲擊，為了保護您的安全，請回到工作崗位上，不要隨處走動。」恐怖分子說。

朗德教授故意裝出驚慌的樣子，快步朝自己的工作崗位走去。秦天和楊大龍緊跟在他的身後。由於秦天和楊大龍穿着科研人員的外套而且戴着口罩，所以這個恐怖分子並沒有認出他們。現在正處於慌亂之中，這個恐怖分子又急匆匆地去忙別的事情了。所以，三個人順利地走到了朗德教授工作的地方。

朗德教授迫不及待地啟動面前的設備，並將從休息室帶來的芯片插入到設備中。此時，他激動萬分，因為苦等兩年的時刻終於就要到來了。

楊大龍和秦天警覺地觀察着四周，正在計劃着如何炸毀這個武器研究基地。突然，楊大龍發現一個人快步朝他們走來，而且這個人似曾相識。

是他，楊大龍終於想起來了。這個人曾經出現在劫機事件中，當時他就坐在與楊大龍相隔一個過道的座位上。此時楊大龍才明白，這個人就是那個深藏不露、全身而退的恐怖分子。

沒錯，這個人就是紅狗。他徑直朝楊大龍和秦天走來，而且從他持槍的姿勢看，絕對是已經做好了隨時射擊的準備。

「教授，你的工作快完成了沒有？」楊大龍緊張地問。

「快了，快了，千萬不要打斷我，再給我一分鐘。」朗德教授緊張地說。

紅狗已經走到了楊大龍和秦天的面前，很顯然，他已經對二人的身份產生了懷疑。

「你們是誰？」紅狗問，目光中充滿了殺氣。與此同時，他伸手去拉楊大龍的口罩。

楊大龍想阻攔，但卻沒有那樣做。他已經做好隨時動手的準備。

口罩被拉下，紅狗一眼便認出了楊大龍。那天目睹了楊大龍在飛機上與恐怖分子打鬥的場面，所以楊大龍的面容清晰地印在了他的腦海中。

「是你！」紅狗大驚失色。

「沒錯，是我！」楊大龍的體內熱血翻滾。

兩個人針鋒相對，誰死誰活，就要看誰動手更快了。可是，意想不到的事情發生了。紅狗和楊大龍都沒有來得及動手，一隻機械蜂便以閃電般的速度撞向了紅狗的額頭。

啪！

這聲音比拍蚊子的聲音還小，紅狗的額頭出現一道細如髮絲的血痕，然後他的身體便直挺挺地向後倒去了。

這一幕讓楊大龍和秦天驚呆了，但卻完全在朗德教授的預料之中。

「太好了，成功了。」朗德教授興奮得像個孩子。

沒錯，紅狗是被朗德教授放出的機械蜂殺死的。朗德教授一直暗地裏採集豺狼組織骨幹成員的人臉信息，並悄悄地

將這些信息儲存在一塊芯片中。他在煎熬中苦苦地等待着這一天的到來，他要讓豺狼組織自食其果。

國防小講堂

智能武器的利與弊

朗德教授放出機械蜂，突然對紅狗發起攻擊，使其在毫無防備的情況下喪命。毫無疑問，隨着人工智能技術的發展，智能武器將在戰場上得到廣泛應用。在技術上佔據領先優勢的一方，就更容易在戰爭中獲得主動權，勝算更大。

但是，人工智能武器一旦被壞人掌握，特別是掌握在恐怖分子的手中，那麼帶來的後果也是不堪設想的。比如，故事中的機械蜂技術如果掌握在正義者的手中，它就是打擊邪惡的利器。反之，如果這種技術掌握在邪惡者手中，那麼它就是助紂為虐的幫兇。

第十九章

自食其果

LOADING...

　　紅狗倒地，一場激烈的地下戰鬥在所難免了。有兩個恐怖分子最先看到了這一幕，不由得大聲驚呼：「有入侵者。」同時，他們舉起槍朝楊大龍和秦天射擊。

　　秦天眼疾手快，一把將朗德教授按到桌子底下，並叮囑他不要亂動。楊大龍則一邊躲閃，一邊朝敵人開槍。開完一槍之後，楊大龍竟然被氣得苦笑了一聲，因為作為一名狙擊手，他這一槍竟然打得大失水準，子彈都不知道飛到哪裏去了。

　　楊大龍看了看手中的拐彎槍，心想自己不該用這種槍的，完全找不到感覺。他甚是懷念那支跟隨自己多年的88式狙擊步槍，但遠水解不了近渴，現在他只能用這支拐彎槍

來對付敵人。

嘭！一顆子彈射來，打在遮擋楊大龍的柱子上。楊大龍想探出身還擊，但是敵人數量眾多，一旦探頭必定會遭到瘋狂的射擊。此時，拐彎槍體現出了優勢。只見楊大龍將一個微型攝像機推進槍身上的導軌，然後把槍身折成九十度。

槍口已經伸出障礙物，而楊大龍仍舊躲在柱子的後面。通過微型攝像機的屏幕，他觀察到了正在猛烈射擊的敵人。鎖定其中一個對自己威脅最大的敵人之後，楊大龍果斷扣動扳機。

槍身微微一顫，子彈出膛。楊大龍還是第一次使用這種槍進行實戰，所以對這顆子彈是否能夠擊中敵人並無把握。結果令楊大龍驚喜，因為他從微型攝像機的屏幕上看到，被自己攻擊的敵人向後倒去了。

拐彎槍果然是隱蔽射擊的神器。楊大龍竟然開始喜歡上這支槍了，而一旦喜歡上它，人和槍便成為親密無間的「戰友」，甚至是一個整體。

「翼龍，翼龍！」耳機裏傳來關悅的呼叫聲。

「雨燕，我是翼龍，請講！」楊大龍回應。

「你們的戰況如何？我們這邊快堅持不住了。」關悅稍稍停頓，「白頭翁受傷了，而且敵人的火力越來越猛。」

楊大龍的腦袋嗡地響了一聲，他心想，歐陽山峰的傷勢肯定很嚴重，不然關悅不會告訴他的。必須速戰速決，楊大

龍想。

「堅持住，地下的戰鬥很快就會結束了。」楊大龍回應。

秦天貓着腰，藉助各種障礙物的遮擋快速地安放炸彈。這是一種高性能的炸彈，只要將吸盤猛地一按，就會吸附在絕大多數物體上。

有一個恐怖分子發現了秦天的行動，從一側轉過來對準秦天就要開槍。突然，一隻機械蜂出現在他的面前，徑直撞向了他的額頭。機械蜂中的微量炸藥爆炸的聲音被震耳的槍聲所掩蓋。這個恐怖分子悄無聲息地倒地，幾乎沒有做出任何抽搐的動作便死去了。

嗡嗡嗡——

一羣機械蜂突然飛起，在整個地下空間裏四散開來。朗德教授大喊一聲：「你們的人臉信息都已經輸入到這些機械蜂裏了。」

恐怖分子們是了解機械蜂的，他們沒想到，這種用來進行恐怖襲擊的人工智能武器，如今卻被用在了自己身上。有些人趕緊用手遮擋面部，而有些人則大着膽子繼續射擊。

沒有遮擋面部的恐怖分子，很快被機械蜂鎖定並攻擊。這可把其他的恐怖分子嚇壞了，他們爭先恐後地向外逃去，有的連槍都丟在了地上。

秦天和楊大龍抓緊時間安放炸彈，而那些被抓來的科研人員也趁機向外跑去。剛跑到半路，毒蜥帶着一羣人氣勢洶

沟地衝了進來。

「你們為甚麼往外跑？」毒蜥惱怒地問。

「機械……機械蜂！」一個恐怖分子聲音顫抖地說。

「機械蜂有甚麼可怕的？」毒蜥困惑不解，「它是咱們研製出來的智能武器，是用來發動恐怖暗殺的。」

正在往外逃的恐怖分子似乎聽不進毒蜥的話，繼續潮水般地向外衝。憤怒的毒蜥連續開了兩槍，將跑在最前面的恐怖分子擊斃。

「誰再逃，下場跟他一樣。」毒蜥叫囂着。

往外逃的恐怖分子被毒蜥震懾住了，但接下來發生的一幕令毒蜥也嚇得魂飛魄散了。成羣的機械蜂從科研人員的頭頂飛過，直奔恐怖分子而來。在狹窄的通道裏，恐怖分子排成長長的隊伍，好像在迎接死亡的到來。

一開始毒蜥還沒有意識到問題的嚴重性，他以為機械蜂是去攻擊戰鷹小隊的。可是，沒想到機械蜂飛到他們的面前後停了下來，開始對他們的人臉信息進行掃描。機警的毒蜥趕緊用手臂擋住臉，但是有些手慢的恐怖分子被機械蜂鎖定後，立即遭到了攻擊。

眨眼間，十幾個恐怖分子倒在了地上，毒蜥這才明白那些恐怖分子為何驚慌地向外逃。他同樣嚇得轉身就往外逃，一邊跑還一邊想，機械蜂為甚麼會對他們發起攻擊呢？

朗德教授悄悄地採集了一些恐怖分子的人臉信息，這些

人主要是恐怖分子中的骨幹成員，所以有一部分恐怖分子是不會受到機械蜂攻擊的。他特意將刺梅和毒蜥的人臉信息輸入到好幾隻機械蜂的芯片中，目的就是要確保這兩個十惡不赦的傢伙被消滅。

毒蜥從地下逃出，一邊跑一邊呼叫刺梅：「不……不好了，機械蜂從地下飛出來了。」

刺梅一臉迷惑地問：「這是好事啊，讓機械蜂去幹掉戰鷹小隊。」

「機械蜂瘋了，不攻擊戰鷹小隊，只攻擊咱們的人。」毒蜥氣喘吁吁地說。

刺梅比毒蜥精明得多，她瞬間就明白了，惡狠狠地說：「朗德，你這個老狐狸，竟然悄悄地採集了我們的人臉信息，用機械蜂來對付我們！」

機械蜂在豺狼組織基地上空散開，尋找它們要攻擊的目標。要想逃避機械蜂的攻擊，只有一個辦法，那就是把臉藏起來儘快逃跑。

刺梅並不慌張，她才是真正的老狐狸，除了她自己之外沒有人知道她真正的面容。她準備換上另外一張臉，從另一條祕密通道離開這裏。

國防小講堂

特種作戰

戰鷹小隊奉命潛入豺狼組織的基地，執行摧毀其智能武器研發基地的任務。這種任務屬於特種作戰，往往是由特種兵小分隊來執行的。

特種兵小分隊深入敵後執行特種作戰的戰例很多，比如在海灣戰爭中，美國的海豹突擊隊提前潛入伊拉克，對伊拉克軍隊的重要軍事目標進行偵察和定位，從而為大規模部隊發起攻擊提供準確的情報。又比如，在擊斃「基地」組織頭目本‧拉登的行動中，在獲得本‧拉登隱匿地點的準確情報後，海豹突擊隊孤軍深入，速戰速決，然後又全身而退。

第二十章
第二張臉

LOADING...

　　毒蜥緊跟在刺梅的身後，保護她撤退。帥克看到了正要逃跑的毒蜥和刺梅，來不及瞄準就朝他們開了一槍。這一槍打得有失水準，根本沒擦到毒蜥的半根毫毛。毒蜥轉過身來朝帥克還擊，而這一槍卻貼着帥克的耳邊飛過，嚇得他出了一身冷汗。

　　「你的槍法也太差勁了。」歐陽山峰急得快要跳起來了。當然，他已經跳不起來了，因為一條腿早就被敵人發射的子彈擊中，傷口才剛剛止住血。不過，歐陽山峰依舊能開槍射擊。所以，他趴在地上瞄準毒蜥的背影就是一槍。

　　今天的子彈好像不聽使喚，竟然又沒有擊中毒蜥。「你的槍法也不怎麼樣啊！」帥克冷笑一聲反譏道。

「都怪這種破槍，太難用了。」歐陽山峰把責任推卸給拐彎槍。

眼看着刺梅和毒蜥就要拐進一條小路，消失在戰鷹小隊的視野中。歐陽山峰再也按捺不住了，大喊着：「快追啊！」

歐陽山峰跳不起來，但是其他人可以啊！在他的鼓動下，帥克第一個躍身而起，由於身穿機械戰甲，所以一步就跳出了三米多遠。夏小米和關悅緊隨其後。三個人朝毒蜥和刺梅逃跑的方向追去。

噠噠噠——

機槍聲響起，子彈密如雨點般射向帥克、關悅和夏小米。幸虧他們身穿機械戰甲，動作靈活，否則瞬間便會倒在血泊之中了。即便如此，夏小米還是感覺到一顆子彈狠狠地撞到了自己的肋骨。幸虧她穿着蜘蛛絲防彈衣，這才沒有被子彈擊穿肋部，但還是疼得一咬牙，差點叫出聲來。

帥克、關悅和夏小米躲避起來，循着槍聲傳來的方向尋找，這才發現機槍的子彈是從屋頂射來的。他們想朝屋頂的敵人射擊，但卻被瘋狂射來的子彈壓得抬不起頭來。

「蝦米，你掩護我。」帥克一邊說，一邊將拐彎槍伸出障礙物。

「小心啊！」夏小米叮囑帥克，此時她才沒心思計較帥克喊她的外號呢！說着，她把槍口伸出障礙物胡亂地開了幾槍，目的是吸引敵人的注意力。

帥克已經通過拐彎槍上的微型攝像機瞄準了屋頂上的敵人。他曾想把這種笨重的槍丟在地上，而現在卻又暗暗慶幸能有這種槍幫他在不露頭的情況下瞄準敵人。

屏息凝神，扣動扳機，子彈出膛，敵人滾下屋頂。機槍聲停止了，就像一個煩人的傢伙不再聒噪，瞬間令人心情舒暢了很多。但是，當帥克、夏小米和關悅站起身來的時候，卻發現刺梅和毒蜥已經不見了。

轟轟轟！

連續幾聲巨響傳來，地動山搖，驚得帥克、夏小米和關悅趕緊趴在地上。他們以為恐怖分子動用了重火器，比如迫擊炮之類的。

爆炸聲過後，地面的震動隨即停止，三個人出現在院子裏。

「楊大龍！」關悅激動地喊。

「秦教官！」夏小米也激動地喊。

還有另外一個人，留在外面的人誰也不認識。他就是朗德教授。原來，剛才的爆炸來自地下，是秦天和楊大龍從地下空間跑出去後引爆了安放在那裏的炸彈。豺狼組織的智能武器研究基地被徹底摧毀，戰鷹小隊的任務已經完成了。但是，他們並不急於撤退，因為他們想乘勝追擊，徹底消滅豺狼組織的恐怖分子。

要是沒有機械蜂的幫助，僅憑他們幾個是無法與恐怖分

子正面對抗的。可是現在就不同了，機械蜂分散開來尋找着它們要攻擊的目標，已經有不少恐怖分子遭到機械蜂的攻擊，命喪黃泉。

「豺狼組織的首領往哪邊跑了？」秦天問。

帥克跳出障礙物，指着前面的小路說：「往那邊跑了。」

秦天和楊大龍轉身朝刺梅和毒蜥逃跑的方向追去。但是，他們已經看不到毒蜥和刺梅的蹤跡了。

豺狼組織的基地還有一條祕密的通道，可以直通村莊外的山林，而此時毒蜥和刺梅已經進入這條祕密通道，正在奪命狂奔。

兩個人一前一後，後面還跟着幾個豺狼組織的骨幹分子。通道內一片漆黑，刺梅跑在最前面，摸黑前行。這條通道很少有人知道，刺梅認為絕對不會有人追上來。

刺梅一夥人一刻也不敢停留，終於跑到了通道的盡頭。毒蜥緊走幾步來到刺梅的前面，用力頂開掩蓋洞口的蓋子，然後讓刺梅蹬着他的肩膀爬出去。緊接着，毒蜥又踩着另一個恐怖分子的肩膀爬出洞口。另外幾個恐怖分子也陸續爬了出來。

刺梅深深地吸了一口氣，那是一口無比新鮮的山林中的空氣。這個世界太美好了，當然，只有活着才能感受這種美好。刺梅想活着，她畏懼死亡，但卻通過發動恐怖襲擊的方式慘無人道地剝奪別人的生命。

一隻叫不出名字的小鳥從樹梢飛過，發出婉轉清脆的叫聲。刺梅抬頭看着這隻越飛越高的小鳥，臉上露出了微微的笑容。自由是這個世界上最美好的東西，鳥兒願意自由自在地飛翔在天空中，哪怕遭遇狂風暴雨也不願被囚禁在鳥籠之中。刺梅當然也喜歡自由，但她卻把一些科學家囚禁在豺狼組織的基地，將他們變成了籠中之鳥。

　　「走！」刺梅大手一揮。她要自由，她不允許任何人將其繩之以法。

　　撲通！

　　毒蜥倒在刺梅的腳下，兩隻手緊緊地抓住刺梅的腳踝。刺梅嚇得跳了起來，但馬上又鎮靜下來。她知道毒蜥已經死了，而且是被機械蜂殺死的。

　　嗡嗡嗡——

　　機械蜂在刺梅的頭頂盤旋，其中幾隻還懸停在刺梅的面前，很明顯是在進行人臉信息的掃描。但是，很快這些機械蜂又飛走了。

　　刺梅冷笑一聲，說道：「這個世界上沒有人知道我真正的長相。」

　　原來，刺梅一直以假面示人，而剛剛逃跑時刺梅又換上了另一張臉。朗德教授採集到的是一張假臉的信息，機械蜂自然也就無法識別現在的刺梅了。

　　戰鷹小隊和秦天好不容易找到了另外一條祕密通道的入

口。當他們沿着通道一路追蹤到山林中時，刺梅早就無影無蹤了。秦天知道刺梅已經跑遠了，於是決定立即從這裏撤離。

受傷的歐陽山峰已經向上級發出了消息，一架運輸直升機低空飛來。駕駛這架直升機的是任飛行，其實他早就在邊境地區待命了。

朗德教授跟隨戰鷹小隊和秦天進入運輸直升機。朗德教授將配合軍方對豺狼組織的智能武器基地進行詳細的調查。其他被豺狼組織綁架的科研人員也將被陸續遣送回國。

遺憾的是刺梅逃跑了。豺狼組織的基地不止一個，她很快就會逃到其他的基地，率領恐怖分子展開更加瘋狂的恐怖襲擊活動。所以，這場反恐戰鬥並沒有結束，確切地說，才只是一個開始。

楊大龍看着坐在身邊的朗德教授，憂心忡忡。他知道現在刺梅最恨的人是朗德教授，所以保護朗德教授和他的家人將是接下來的任務。

戰鬥吧，永不停歇的勇士！

國防小講堂

機槍

敵人在屋頂架起機槍對戰鷹小隊進行猛烈的射擊，致使戰鷹小隊躲在障礙物的後面不敢行動。說到機槍，它不需要精準射擊，而是以連續快速的掃射方式，通過彈雨般的密集攻擊對敵方進行不間斷的攻擊。

機槍也分為好多種類，比如輕機槍可以由單兵攜帶，主要用於為步兵提供 500 米以內的火力支援；又如通用機槍，一般需要以兩人組成機槍小組，可以提供 1200 米內的火力支援，也可以作為戰鬥車輛、直升機和小型艦艇的輔武器；再如重機槍，口徑一般達到 12.7 毫米，可以用於射擊 2000 米以內的火力點，也可以對輕型裝甲車輛進行攻擊，需要兩人或三人操作。

偵察機

手冊

中國古代大軍事家孫武說：「知己知彼，百戰不殆。」能夠偵察到敵軍的情況，對於作戰是十分有利的。古代作戰為了獲得敵人的情報，都是派出偵察兵或者是奸細臥底。在現代戰爭中，這些手段都已經退居次位，這是因為**偵察機**出現在了現代戰場。它就像一雙窺探者的眼睛，盤旋在高高的空中監視着敵人的一舉一動，並源源不斷地將情報傳回後方。

一、甚麼是偵察機

偵察機是專門用於從空中偵察、獲取情報的軍用飛機，是現代戰爭中的主要偵察工具之一。偵察機一般不攜帶武器，主要依靠其高速性能和加裝電子對抗裝備來提高生存能力。

飛機誕生後，最早投入戰場所執行的任務就是進行空中偵察。因此，偵察機是飛機大家族中歷史最長的機種。按任務範圍來分，偵察機又可分為戰略偵察機和戰術偵察機。

戰略偵察機具有航程遠的優勢，能深入敵後對重要目標實施戰略偵察；戰術偵察機具有低空高速飛行性能，用以獲取戰役戰術情報。

偵察機上裝有航空照相機、雷達和電視、紅外偵察設備等，有的裝有實時情報處理設備和傳遞裝置，還裝有自衛和進攻武器。

二、最早用於軍事的飛機

偵察機是最早用在軍事上的飛機種類。1910 年 6 月 9 日，法國陸軍的瑪爾科奈大尉和弗坎中尉駕駛着一架亨利‧法爾曼雙翼機，進行了世界上第一次試驗性的偵察飛行。這架飛機本來是單座飛機，弗坎中尉只好鑽到駕駛座和發動機之間，手拿照相機對地面的道路、鐵路、城鎮和農田進行拍

照。可以說，從這一天起，最早的偵察機便誕生了。

　　第一次世界大戰的第一次偵察飛行發生在意大利與土耳其之間爆發的戰爭中。1911 年 10 月 22 日，意大利皮亞查上尉駕駛一架法國製造的布萊里奧 X1 型飛機從的黎波里基地起飛，對土耳其軍隊的陣地進行了肉眼和照相偵察。此後，意軍又進行了多次偵察飛行，並根據結果編繪了照片地圖冊。

　　第一次世界大戰爆發後，歐洲各參戰國都很重視偵察機的應用。在大戰的初期，德軍進攻處於優勢，直插巴黎。1914 年 9 月 3 日，法軍的一架偵察機發現德軍的右翼缺少

SR-71「黑鳥」偵察機

掩護，於是法國根據飛行偵察的情報發起反擊，發動了意義重大的馬恩河戰役，終於遏止了德軍的攻勢，扭轉了戰局。

第二次世界大戰中，偵察機應用得更加廣泛，出現了可以進行垂直照相及傾斜照相的高空航空照相機和雷達偵察設備，大戰末期還出現了電子偵察機。

20 世紀 50 年代，偵察機的飛行性能顯著提高，飛行速度超過聲速，機載偵察設備也有很大改進。拍攝目標後幾十秒鐘就能印出照片，並可用無線電傳真傳送到地面。還出現了一些專門研製的偵察機，如美國的 U-2 偵察機。

20 世紀 60 年代，科學家研製出了 3 倍音速的戰略偵察機，如美國的 SR-71「黑鳥」偵察機，照相偵察一個小時的拍攝範圍可達 15 萬平方公里。

三、偵察機的「眼睛」

偵察機究竟靠甚麼神祕裝備來窺探敵人呢？它的「眼睛」可不一般，有好幾種呢！有「光學眼」「雷達眼」，還有「無線電眼」。每種眼睛都是搜集祕密的好手。

以光學進行偵察的方式又可以分為三種：以肉眼進行觀察，以照相機連續或者不連續拍攝照片，以及使用攝影機連續拍攝影片。比較新的光學偵察設備逐漸以電子存儲取代了過去使用的膠卷，這使偵察設備降低了重量，縮短了任務完成後的處理時間，能夠即時將結果傳遞到地面的接收單位。

機頭下方露出攝像頭

電子偵察機

以雷達作為偵察手段可以分為兩類。一類是以雷達對地面或者海面進行掃描，然後將結果形成影像。另外一類是利用被動接收的方式，偵察地上或者海上雷達的使用波段、頻率變化、波束特性等。

　　以無線電作為偵察手段是以被動的方式接收無線電信號，記錄之後加以分析，作為其他任務或者電子作戰的參考資料。比較常見的接收信號種類包括各類型的無線電通信，導彈、火箭、飛機或者其他重要系統試驗時傳回的各種資料信號，對於進行偵察的一方來說，能夠通過這些資料判斷該系統的大致性能與特性。

臭名昭著的「黑小姐」

細長的主翼使 U-2 偵察機具有滑翔機特徵

四、臭名昭著的「黑小姐」

美國 U-2 偵察機，綽號為「黑小姐」。U-2 偵察機由美國洛歇公司研製開發，於 1955 年首飛，美國空軍和中央情報局用它來偵察敵後戰略目標。幾十年來 U-2 偵察機曾征戰全球，偵察過蘇聯、古巴、朝鮮、中國、越南等國家，但是也有十幾架在偵察其他國家領空時被擊落。

U-2 偵察機除了有「黑小姐」的綽號，還有「黑寡婦」以及「蛟龍夫人」等多個綽號。這些綽號都是源於其一身漆黑、修長消瘦的外形。為了使 U-2 偵察機在 20000 米以上的高空長時間飛行，其主翼及機身設計得非常細長。正是這

對細長的主翼，使其具有滑翔機特徵。

　　U-2 偵察機可在 21000 米的高空飛行，遠遠高於當時世界上所有高射炮和殲擊機的作戰高度，它能夠攜帶各類傳感器和照相設備，對偵察區域實施連續不斷的高空全天候區域監視，所拍照片上可區分出步行與騎車人、報紙大字標題與牆上廣告、馬路上的香煙頭。而且，只要在美國上空飛 12 次，它就能把全美國十分清晰地拍個遍。

U-2 偵察機在高空執行偵察任務

五、比導彈飛得快的「黑鳥」

「黑鳥」是美國空軍的高空高速偵察機，由洛歇公司開發研製，代號 SR-71。它的飛行高度達到了 30000 米，最大速度達到 3.5 倍音速，因此被稱為「雙三」飛機。SR-71「黑鳥」比現有的絕大多數戰鬥機和防空導彈都要飛得高、飛得快，所以出入敵國領空如入無人之境。

SR-71「黑鳥」高空高速偵察機是第一種成功突破「熱障」的實用型噴氣式飛機。「熱障」是指飛機速度快到一定程度時，與空氣摩擦產生大量熱量，從而威脅到飛機結構安

SR-71「黑鳥」高空高速偵察機

全的問題。為解決這一問題，「黑鳥」機身採用低重量、高強度的鈦合金作為結構材料；機翼等重要部位採用了能適應受熱膨脹的設計，因為 SR-71 在高速飛行時，機體長度會因為熱脹而伸長 30 多厘米；油箱管道設計巧妙，採用了彈性的箱體，並利用油料的流動來帶走高溫部位的熱量。儘管採取了很多措施，但 SR-71 在降落到地面後，油箱還是會因為機體熱脹冷縮而發生一定程度的泄漏。實際上，SR-71 起飛時通常只帶少量油料，在爬高到巡航高度後再進行空中加油。

「黑鳥」進行空中加油

SR-71「黑鳥」偵察機集優雅、智慧與力量於一身，是一款設計得非常漂亮的飛機。機上有兩名成員：飛行員和系統操作手。由於 SR-71 的飛行高度和速度都超出人體可承受的範圍，兩名成員必須穿着全密封的飛行服，外觀看上去與太空人類似。

　　SR-71 上裝有先進的電子和光學偵察設備，一個小時內它能完成對面積達 32.4 萬平方公里的地區的光學攝影偵察任務。形象地說，它只需要 6 分鐘就可以拍攝到覆蓋整個意大利的高清晰度照片。偵察照相機均裝在導軌上，攝影時向後運動，使得相機相對於地面靜止。

高空高速飛行的「黑鳥」

六、大塊頭的「全球鷹」

　　「全球鷹」是美國的一種高空遠程無人駕駛戰略偵察機，主要用於規模不太大的軍事衝突中，實施大範圍的連續偵察與監視，能為地面的軍隊指揮人員提供高精度、近實時的大範圍偵察監視圖像。

「全球鷹」無人駕駛戰略偵察機

「全球鷹」具有超長翼展

　　「全球鷹」偵察機是一個龐然大物。它的最大起飛重量高達 11622 公斤，和一架空戰狀態下的 F-16 戰鬥機不相上下。機身長 13.5 米，高 4.62 米，特別是它的翼展長達 35.4 米，只比世界上最大的波音 747 客機稍短一點。正是憑藉這樣一副超長的機翼，「全球鷹」才具備了良好的超遠程飛行能力。

「全球鷹」可從美國本土起飛到達全球任何地點進行偵察，或者在距基地 5500 公里的目標上空連續偵察監視 24 小時，然後返回基地。它可同時攜帶光電、紅外傳感系統和合成孔徑雷達。該雷達獲取的條幅式偵察照片可精確到 1 米，定點偵察照片可精確到 0.3 米。對以每小時 20—200 公里行駛的地面移動目標，可精確到 7000 米。

「全球鷹」上的偵察設備